・Author・
マーラッシュ

・Illustration・
匈歌ハトリ

主な登場人物
ルナ
月の雫商会の商会長。ズーリエの街の代表選挙に勝利して以来、街の立て直しに全力を注いでいる。
ラフィーネ
ジルク商業国の中心部、サラダーン州の代表で元勇者パーティーの一員。お転婆な性格で護衛を困らせている。
リック
本作の主人公。勇者パーティーの元一員。勇者に囮にされて死にかけた時に女神と出会い、前世を思い出す。転生特典として創聖魔法が使える。

リリナディア
褐色の肌を持つ謎の女の子。彼女のステータスには衝撃の称号があって……？
テッド
ラフィーネの護衛騎士。国で五本の指に入る剣士だが、 毒舌で生意気。
シオン
ラフィーネの護衛騎士。苦労人気質で、ラフィーネとテッドのお目付け役。
グランドダイン帝国
エグゼルト
ハインツ
サーシャ
エミリア

序章　燃え盛る復讐の炎

グランドダイン帝国の国境付近にて——

暗い闇が支配する森の中、一人の男が佇んでいた。

身につけている衣服や装飾品は高価なものだ。だが月明かりが男を照らすと、それらは薄汚れていることが明らかになる。

「くそっ！　何故俺がこんなことをしなければならない！」

男は寒さを凌ぐため、火打石を使って集めた枯れ葉に火をつけようとした。しかし思うようにいかず、苛立ちも露わに暴言を吐く。

だが、上手くいかないのは当たり前だった。男は今まで火をつける行為どころか、雑用など一度もやったことがないのだ。

「くそっ！　くそっ！　くそっ！　くそがっ！」

何度やっても火をつけることができなかったため、男は火打石を木に投げつけた。

勇者としてかつては栄光を味わい、そして今は勇者の称号を剥奪され挫折を味わっている男。

彼の心を支配しているものは、憎しみだけだった。

「この俺が惨めな思いをしているのは誰のせいだ？」

自問する男の頭に、瞬時に思い浮かぶ者が二人いた。

「リック……エグゼルト」

一人は男が昔パーティーから追放した、役立たずの雑用係。

もう一人は男の実の父にして、彼を見限ったグランドダイン帝国の皇帝。

男の中で激しい憎悪が沸き起こる。

「お前の……お前らのせいで俺は！」

彼は腰に差した剣を抜き、目の前にある木をリックとエグゼルトに見立てて切り裂き始めた。

「俺の力を理解できないバカどもが！　死ね！　死ね！　死ね！」

次々と木が斬り倒されていく。そしてものの数分で、周囲は開けた場所へと変貌した。

「はあ……はあ……」

男は倒れた木を見下ろすが、怒りは収まらず、憎悪はさらに増すだけであった。

「足りない……足りない足りない足りない！　俺には奴らを圧倒する力が足りない！」

男に残されたのは、二人に対しての憎しみと、力への渇望のみ。

「奴らを倒すことができるなら、勇者の地位、皇帝の地位、人としての尊厳など必要ない！　俺の前に必ずひれ伏させてやるぞ！　そのためには……」

かつて勇者として名を馳(は)せた男、ハインツは復讐の思いを胸に秘め、新たな力を手にするために、隣国のザガト王国へと向かうのであった。

第一章　いつもと違う新しい日常

太陽が暖かく射し込む爽やかな朝。

俺――リックはズーリエの街の自宅にて、惰眠を貪っていた。

前の世界なら学校があり、朝早くに起きなければならなかったが、今の俺にはそのようなしがらみはない。いつまでも寝ていられるなんて異世界最高だな。

一度目が覚めてしまったが、俺は二度寝することを選択した。

そして再び目を閉じて夢の世界へとダイブしようとした時。

トントン。

ん？　誰か部屋に来たのか？

だけど俺はもう一度寝ることを選んだんだ。この鉄の意志は誰にも曲げられない。

トントン。

だが相手は中々諦めてくれず、ゆっくりとドアを開けてきた。

「入るよ～」

侵入者は可愛らしい声を上げ、こちらへと向かってくる。

「リックお兄ちゃ〜ん……朝だよぉ」

この声は、ノノちゃんか。

「お、お母さんが、ノノに示しがつかないからちゃんと起きるようにって」

くっ！　ノノちゃんを使って起こそうとするなんて、ずるい手を使ってくる。これじゃあ起きるしかないじゃないか。

「お兄ちゃん起きて……」

ノノちゃんがユサユサと俺の身体を揺らしてくる。まだ兄妹になり立てだから、どこか控え目な揺らし方だ。

「まだ寝てるの？」

仕方ない。わざわざノノちゃんが起こしに来てくれたんだ。もう寝たふりをすることはできないよな。

俺の鉄の意志は、可愛い妹によって簡単に破壊されてしまった。

「あれ？　ノノちゃん？」

俺は目を開けて、今起きたように見せかけながら声をかける。

「あっ、お兄ちゃんやっと起きた。お寝坊さんだよ」

ノノちゃんは頬を膨らませて、少し怒っているような雰囲気を出す。

「ごめんごめん。ノノちゃんが起こしてくれたの？　ありがとう」

「いいよ。お兄ちゃんを起こすのは妹の務めだから」

いつからそんな決まりができたのだろうか。できれば朝早く起こすのは勘弁してほしい。

「今日もいい天気だよ。早く起きてご飯食べよ」

さっきまで怒っていたはずが、今度は天真爛漫な笑顔をこちらに向けてきた。

ノノちゃんは日を追う毎に喜怒哀楽を顔に出すようになってきた。この家にも慣れてきたのかな？　奴隷だった頃と比べると、その変化は嬉しく思う。

それにしてもまさか妹ができるとは、少し前の俺なら考えもしなかったな。

ノノちゃんは、イリスちゃん――ズーリエの街で知り合った冒険者であるヒイロくんの姉――と共に、ナルキスという悪逆非道な男の奴隷になっていた。しかもノノちゃんは違法奴隷だった。

俺はノノちゃんやイリスちゃん達を助けるため、ナルキスの屋敷へと向かった。ナルキスは、俺を閉じ込めた部屋を水で満たして溺死させようとしたり、悪魔の書を使ってベヒモスを召喚したりと悪足掻きをしてきた。しかし、俺はズーリエの街の代表であるルナさんと協力し、ナルキスの悪事を暴いて捕らえ、ノノちゃん達を救うことに成功した。

そしてノノちゃんは身寄りがなく、俺と同じ異世界転生者であったことが判明し、母さんの娘としてうちで引き取ることになったのだ。

問題も解決して、あとはこのズーリエでのんびりスローライフといきたいところだけど、まだ一つだけ懸念事項がある。それはズーリエの街の近くで討伐した魔物、クイーンフォルミの存在だ。

鑑定(かんてい)スキルを使って能力を確認した結果、奴のステータスに魔王化という言葉が見えたのだ。

かつてこの世界は魔王に滅(ほろ)ぼされかけたという。

正直嫌な予感しかしないのだが、どうすればいいのか調べようがない。このまま平和な時が続くことを祈りながら、俺はノノちゃんとリビングへ向かった。


ノノちゃんが家族になって数日経(た)った頃、俺の実家が営(いとな)むカレン商店にて。

「お母……さん。今日のご飯すごくおいしかった……です」

そして別の日には。

「おばあちゃん。怖い夢を見ちゃって……一緒に寝てもいいかな？」

さらに別の日には。

「おじいちゃん疲れてない？　ノノが肩を揉(も)んであげるね」

ノノちゃんが積極的に家族と仲よくしようとしている姿が、よく見られるようになった。

そのため我が家では、ノノちゃんにこういうことをしてもらった、してあげたなどの自慢話(じまんばなし)が日常的に飛び交っていて、今日も争いが絶えない。

「ふふ……ノノちゃんが私のご飯をおいしいって言ってくれたわ。今度一緒に料理をすることになっているのよ」

「あら、私だって昨日ノノちゃんと一緒に眠れてとても幸せだったわ。私のことをギュウッと抱きしめてきて、とても可愛かったのよ」

「わしなんて、孫にしてほしいことベストファイブに入る、肩揉みをしてもらったんじゃ。そしていつまでも長生きをしてねって言われたんじゃぞ」

母さんもおばあちゃんもおじいちゃんも、もうノノちゃんにメロメロにされている。

「たぶんノノちゃんは、胃袋を掴んだ私のことが一番好きなのね」

「人間寝ている時が一番無防備なのよ。それを見せてくれたってことだから、ノノちゃんはおばあちゃんが一番好きに決まってるわ」

「二人は何を言っておるのじゃ。ノノちゃんが一番好きなのはわしに決まっておるわ」

皆、ノノちゃんに一番好きだと思われたいのか、一歩も引く様子がない。そしてノノちゃんはそんな三人の会話をドア越しに聞いている。探知スキルを使わなくてもわかった。

俺はこの戦いに参戦するつもりはなかったけど、ノノちゃんが聞いているなら話は別だ。誰がノノちゃんに一番好かれているかの勝負に、俺も加わることにする。

「俺はノノちゃんにお兄ちゃんとずっと一緒にいたいって言われたぞ。家族としてノノちゃんに一番愛されているのは俺だろ」

決まった。このノノちゃんの言葉には誰も勝てないだろう。

俺はこの後、三人の口から敗北の言葉か負け惜しみの言葉が発せられると予想していた。ところが、母さん、おばあちゃん、おじいちゃんの三人から向けられたのは、絶対零度に近い程の冷たい視線だった。

「はあ……家族として……ね。リックちゃんの育て方を間違えちゃったわ」

「ノノちゃんがリックくんを見る目は……ねえ」

「やれやれ、わしでもわかることだぞ」

な、何だ？　皆ため息をついてどうした？　俺は何か間違ったことを言ってしまったのか？　この家でこんなにディスられたのは初めてだぞ。

「ノノちゃんはリックちゃんのこと、家族として見てないから」

えっ？　俺は家族として認められてないの⁉

少しはお兄ちゃんとして仲よくなったと思ったのに、それは俺の思い込みだったのか？　けど思い返してみるとここ数日のノノちゃんは、俺に対してどこかよそよそしい感じがしていた。まさか本当に母さんの言うとおり、ノノちゃんは俺のことを……

一気に天国から地獄に落とされた気分だ。

「大丈夫よ。ノノちゃんはリックくんのことを……」

「ちょちょちょちょっと待って！」

おばあちゃんが何かを言いかけた時、隠れて話を聞いていたノノちゃんが慌てた様子で姿を現した。

「あら、ノノちゃん。取り乱してどうしたのかしら？」

「意地悪なおばあちゃんね。そんなこと決まっているじゃない。ノノちゃんは……」

「お、お母さん！」

ノノちゃんの声が部屋に響く。

「ノ、ノノ、ちょっとお散歩に行きたいからおばあちゃん達ついてきて！」

「急な提案だけど仕方ないわね。おばあちゃんはオッケーよ」

家族で散歩か。たまにはそんな日も悪くはないな。

そしてノノちゃんを先頭におばあちゃん、母さん、おじいちゃんと続いて、俺も部屋の外へと出ようとするが……

「あっ！　お兄ちゃんはその……お家で待っててほしいな」

ガーン！

家族の散歩なのに俺だけ仲間に入れてもらえないなんて……やっぱり嫌われているんだ。

俺は絶望に打ちのめされ、床に膝をつく。

「リックくん、そんなにショックを受けないの」

「そうよ。リックちゃんはむしろノノちゃんにとってはとくべ……」

「お、お母さん、おばあちゃん、早く行こ！」

おばあちゃんに続けて母さんが何かを口にする前に、ノノちゃんは二人の背中を押してこの部屋から出ていってしまう。そしてこの場には俺一人だけとなった。

「皆ひどくね。俺一人残して出かけちゃうなんて……俺は家族じゃないのかよ」

とりあえず俺は部屋の端で、体育座りをしていじけてみせる。

まあこんなことをしても誰も構ってくれるわけじゃないけどな。

すると、ある人が血相を変えてカレン商店に飛び込んできた。

「た、大変です大変です！」

ドアをバンッと強く開け現れたのは、ルナさんだった。

珍しいな。ルナさんがこんなに慌てて荒々しくドアを開けるなんて。

「えっとリックさん、何をしているのですか？」

「いや、何でもないです」

家族に仲間外れにされて一人いじけていたなんて、カッコ悪くて言えない。

「それより、何かあったの？」

「そ、そうです！　大変なんです！　ラフィーネ様が、ラフィーネ様がこのズーリエの街に……」

「ラフィーネ？」

聞いたことがないな。だけどルナさんが様付けで呼んでいるから、たぶんどこかの偉い人なのだろう。

「ラフィーネ様をご存じないのですか！」

「す、すみません」

ルナさんがすごい迫力で詰め寄ってきたから、思わず謝ってしまった。

「ラフィーネ様はジルク商業国の中心部、サラダーン州の代表で、気高く美しく、この国で一番偉い人と言っても過言ではないお方ですよ！」

州の代表？　前の世界の知事のような人なのかな？

それよりルナさんのテンションがいつもと違って、ちょっと戸惑ってしまう。何か今のルナさんみたいな目をした人を、前の世界で見たことがある。そう……まるでアイドルの追っかけのような目だ。

今少し話を聞いただけで、ルナさんはそのラフィーネさんの大ファンだということがすぐにわかった。

「それで、そんなに偉い人が何でズーリエの街に？」

「それは……実はそのことでリックさんにお願いがありまして……」

そしてルナさんはそのお願い事を口にした。

第二章　憧れのお姉さん来訪

ルナさんがカレン商店を訪ねてきてから二日後。

今俺は……いや、俺達はズーリエの街の北門にて、ラフィーネさん達が来るのを待っている。

「リックさん、私の髪乱れていませんか？　この服装で大丈夫でしょうか？」

「髪は乱れていないし、服装も素敵だよ。安心して」

ルナさんは今日になってからずっとそわそわしていて、本当にどこぞのアイドルに会うファンのような感じだ。それだけそのラフィーネさんに憧れているのだろう。

ルナさんに聞いた話によると、ラフィーネさんはクイーンフォルミを退治するために、わざわざ国の中心にあるサラダーン州から南東にあるズーリエまで来てくれたらしい。

旅の途中でクイーンフォルミが倒れたことを知ったものの、せっかくだから新しく代表になったルナさんに会うために、そのままズーリエへと向かっているとのことだ。

「はっはっは。このような年相応の代表を見るのも面白いですな。別に取って食われるわけじゃありませんから、そんなに緊張しなくても大丈夫ですよ」

ルナさんの補佐係であるハリスさんがいつもの調子で笑い、ルナさんの行動を見て面白がっていた。

「む、無理ですよ。ラフィーネ様のような方と私がお会いできるなんて、夢にも思っていませんでしたから」

「ラフィーネ様もルナ代表と変わらない、甘いものが好きな普通の女の子ですから、リラックスしていきましょう」

「私と同じなんて、そんなことないですよ」

「思い込みですな。それと、ラフィーネ様はこんなに大勢で出迎えられるのは好まないと思いますよ」

ん？　ハリスさんは何だかラフィーネさんのことに詳しそうだな。甘いものが好きだとか、盛大な出迎えは好まないとか。もしかして得意の諜報活動で手に入れた情報なのか？

今、この場には俺とルナさん、ハリスさん、そして五十人の衛兵がいる。

確かに出迎えの人数としては少し多い気がするけど、貴族とか偉い人は派手なことを好むから、人数が少なかったら怒りを買う可能性がある。

けれど、もしラフィーネさんがルナさんが言うような立派な人物だったら、出迎えの人数が少なくても怒るような人じゃないと思う。まあルナさんは、純粋にラフィーネさんを尊敬しているから、多くの人で出迎えたいだけなんだろうな。

それにしても、ラフィーネさん御一行は何人くらいで来るのだろうか。当初はクイーンフォルミ討伐を予定していたわけだし、ラフィーネさんの護衛があるから、少なくとも十人はいそうだが。

しかし、俺の予想は見事に外れた。

それ程大きくない馬車が一台北門付近に止まると、二十代前半くらいの女性が一人降りてきた。長く美しいブロンドの髪をなびかせ、凛と佇んでいる。この人がラフィーネさんなのだろう。だけど護衛が二人しかいない。

この国で一番偉い人なのに護衛が二人しかいないということは、護衛がかなりの実力者であるか、ラフィーネさん本人の腕が立つか、はたまたその両方かだな。

「ラララ、ラフィーネ様！　本日は好天で」

「代表、今日は曇りで夜は雨が降る予報です」

「し、失礼しました！」

ダメだこりゃ。ルナさんは緊張しすぎて、いつもじゃ考えられない程ガチガチになっている。

「ふふ……そんなに緊張しなくていいのよ。サラダーン州の代表をしていますが、私もあなたと同じ甘いものが好きな一人の女性ですから」

ん？　今の言葉はハリスさんが口にしていたのと同じだな。

「私はラフィーネ、そしてこちらが護衛のシオンとテッドです」

護衛の二人がこちらに向かって頭を下げてくる。二人も二十代前半くらいの年齢かな？　シオンさんは爽やかイケメンで、テッドさんは鋭い目付きをしており、ちょっとヤンチャしてそうな感じがする。

「私はズーリエの街の代表をしているルナと申します」

「あなたの噂は聞いていています。よろしくお願いしますね」

「は、はい！　こちらこそよろしくお願いします」

「それにしても仰々しいお出迎えね」

「ラフィーネ様の護衛も兼ねていますので」

「それでしたら不要です。皆様通常の業務に戻ってください」

「えっ？　ですが」

「街には衛兵の方々の助けを必要としている人が、たくさんいるはずです」

確かにラフィーネさんの言うとおりだ。衛兵の人達をここに集めたことで、街の治安維持業務は手薄になっている。

「ルナさんが私達を歓迎しようとしてくれる気持ちは伝わりました。ありがとうございます。私の護衛にはシオンとテッドがいますし、それに……」

ラフィーネさんはゆっくりと歩き始め、衛兵の人達の顔を一人一人見て回ったと思いきや、何故か俺の前で立ち止まった。

えっ？　美人さんにそんなに正面からまっすぐに見られると緊張しちゃうんですけど。

それにしても綺麗な人だ。能力もありこの容姿なら、ルナさんのように憧れる人もたくさんいそうだな。

「はは」

俺はラフィーネさんの視線が恥ずかしくなってしまい、思わず照れ笑いを浮かべてしまう。

「リックさん？」

邪な気持ちがバレたのか、ルナさんが俺の方をジロリと見てくる。

しかし、どういうつもりでラフィーネさんは俺のことを見ているんだ？　まさか一目惚れ？　いや絶対にないな。

「この方がいれば護衛は大丈夫だと思います」

そう言って、ラフィーネさんは俺の手を掴む。

「さすがラフィーネ様です！　リックさんはあのクイーンフォルミを倒した方で、この街で一番強いと言っても過言ではありません」

ラフィーネさんは俺の噂か何かを知っていたから、一人一人顔をジッと見て確かめていたのか？

まあ、クイーンフォルミ討伐の報告と同時に、俺の話を聞いていたとしても不思議じゃない。

「それではこの街にいる間、ぜひリックくんに私の護衛をお願いしたいです」

「ラフィーネ様、護衛なら俺達がいるから必要ないぜ」

「テッド！　口を慎め！　ラフィーネ様がお決めになったことだぞ！」

テッドさんはどうやら俺のことが気にくわないらしい。まあそれだけ自分の腕に自信があるのかもしれないが。

「でしたら、この方とテッドで試合をしてみたらどうでしょうか？」

ラフィーネさんが突然そんなことを言い出した。

「テッドが勝ったら護衛はシオンとテッドの二人だけにお願いします。ですがテッドが負けたら……」

「ズーリエにいる間、こいつの奴隷になってやるよ」

またデカい口を叩いたものだ。どうやらテッドさんは見かけどおり勝ち気な奴のようだ。正直な話、俺は勝っても負けてもどっちでもいいんだが……

「とりあえず街の代表には会ったんだ。さっさとこのショボい街からおさらばしようぜ」

テッドさん――いや、テッドの言葉を聞いて考えが変わった。おじいちゃん、おばあちゃんが住んでいる街を、ルナさんが代表をしている街をバカにしたこいつは許せない。

「わかりました。その試合、お受けいたしましょう」

こうして北門にて、ラフィーネさんの提案により、俺はテッドと試合をすることになった。

このテッドという男、挑発のつもりでズーリエをバカにしたのかもしれないが、やり方が下品すぎる。基本この世界の人達は、自分が住んでいる場所に誇り(ほこ)を持っているから、ここにいる皆テッドに対して怒りが湧いているはずだ。それはもちろん俺も同じ。これは絶対に負けられない戦いだ。

テッドの身体は俺より少し小さいくらいだが、腕や脚、胸部や背筋(はいきん)などはよく鍛(きた)えられており、デカい口を叩くだけはありそうだ。そして手に持っている剣は細身で、パワータイプではないことが窺(うかが)える。

「リックさん、このようなことに巻き込んでしまい申し訳ありません」

「いや、自分が住んでいる街をバカにされたんだ。十分戦う理由になるさ」

申し訳なさそうなルナさんの肩を軽く叩く。それに、俺より長くズーリエに住んでいるルナさんやハリスさん、衛兵達の方が、よっぽど頭に来ているはずだ。

だから、皆に代わってテッドを倒してみせる。

「よろしいのですか？　到着して早々現地の者達と揉め事を起こすなど」

「大丈夫よ。あのズーリエ代表のルナさんは人格者で通っている方だし、雨降って地固まるともいうじゃない」

「まさか何か『聞いた』のですか？」

「ルナさんに関しては信頼できる筋の情報があるので……ただあのリックという青年については……」

シオンさんとラフィーネさんが何やら小さな声で話をしていたので、思わず聴覚強化のスキルを使ってしまったが、何か『聞いた』とはどういうことだ？　試合の前に気になるワードを口にするなあ。

とはいえ、今はテッドを倒すことが優先だ。

俺は異空間からカゼナギの剣を取り出す。

「ん？　どこから剣を出しやがった。どうやら手品の腕は一級品のようだな」

「この程度のことがわからないなんて、サラダーン州代表の護衛というのも大したことないな」

「貴様、死にたいらしいな」

俺はテッドの挑発を軽くいなし、逆に挑発し返す。

この勝負は、テッドの心をへし折るのが目的なので、カゼナギの剣の特殊能力である風の操作は使わない。正々堂々と戦って打ちのめしてやる。

俺は両手で剣を握り、切っ先をテッドに向ける。するとテッドは右手で剣を持ち、俺と同じように切っ先をこちらに向けてきた。

「それでは、不肖ながら私が審判をさせていただきますね」

ラフィーネさんは少しワクワクした様子で審判役を買って出る。ルナさんが尊敬して止まないラフィーネさんだけど、試合をすると言ったり、嬉々として審判をしたりするところを見るに、少しお転婆な性格をしているのかもしれない。

「始めますよ〜」

いかんいかん。今は戦いに集中だ。

テッドはおそらくパワーではなく、スピードで勝負してくるだろう。そして俺の心をへし折るために、一瞬で決着をつけに来るはず。

開始直後の奇襲でやられないように、気をつけなくてはならない。

俺はテッドの視線、剣、一挙手一投足を注視し、僅かな動きさえも見逃さないよう集中する。

「それでは始めてください」

そしてラフィーネさんの号令で試合が開始された瞬間、俺は後方へと下がり補助魔法を唱える。

「クラス２・旋風魔法、クラス２・剛力魔法」

これで俺のスピードと力は強化された。

「補助魔法だと？　化石のような魔法を使いやがって」

テッドは補助魔法を使われたことなど気にもせず、後ろに下がった俺を追ってくる。そのスピードは……速い！

さすがにデカい口を叩くだけのことはある。一瞬で俺との間合いを詰めてきた。

「一撃で決めてやるぜ！」

テッドは右手に持った剣を後ろに引く。

「まさかテッドの奴、あの青年を殺すつもりか！」

シオンさんが不穏なことを言った。

殺すつもりってことは、それだけ強力な技を繰り出すつもりなのか！

「食らいやがれ！　ミーティアスラスト！」

テッドが技名を口にしながら、こちらに向かって突きを放つ。すると、剣が七つに分かれて襲ってきた。

これは幻影なのか、それとも目にも留まらぬスピードで突きを繰り出しているのか。わからないけれど、容易に見切れるものではない。

剣を見切って防ぐのは論外、だが果たしてかわすことができるだろうか？　このままではシオンさんの言うとおり、待っているのは死だけだ。

防ぐのもかわすのも不可能、それなら……

俺は方針を決め、カゼナギの剣を強く握ってテッドに向かっていく。

「何！」

俺の行動が予想外だったのか、テッドは驚きの声を上げる。

見切って防ぐのもかわすのも無理なら、こちらから攻撃して粉砕するだけだ。幻影だろうが本物だろうが、全て叩き斬れば関係ない。

俺は身を低くし、下から上に向かって剣を振り上げる。

すると剣同士がぶつかり、キンッという甲高い音が鳴った。

テッドは俺の攻撃を受け止められなかったようで、弾かれた剣が宙を舞う。俺は丸腰になったテッドの首もとにカゼナギの剣を突き付け、一言だけ言葉を発した。

「俺の勝ちだ」

俺は剣をテッドに突き付けたまま、ラフィーネさんへと視線を向ける。

「リックくんの勝ちですね」

ラフィーネさんが勝利を宣言すると、周囲は一斉に沸いた。

「リックさんが勝ちました！」

「相手もすごいスキルを使ってきたが、リックさんには敵わなかったな」

「さすがはズーリエの英雄だぜ！」

「「リック！　リック！　リック！」」

勝利を讃えてくれるのは嬉しいけど、名前のコールは恥ずかしいぞ。日本人はシャイな奴が多いことを知らないのか。

「テッドが簡単に負けてしまうなんて」

「あのリックという青年はかなりの実力者です。あの補助魔法もただの補助魔法じゃない可能性が高いですね」

シオンさんの言うとおり、あなた達が考えている以上に補助魔法で能力が上がっているからな。

「バカな！　俺がこんな田舎の補助魔法使いごときに負けるなんてありえない！」

そして敗北を認められないのか、テッドは地面に拳を叩きつけ、恨み節を口にしている。

「今のは何かの間違いだ！　もう一度やればこんな……」

「テッド！　見苦しいぞ！　お前は実戦で斬られた時も同じセリフを言うつもりなのか！」

シオンさんが語気を強めて戒めると、テッドは顔を歪めて言った。

「さっきは油断しただけだ。それに一度勝利した方が勝ちだと決めた覚えはない」

これがルナさんの憧れるラフィーネさんの護衛か。正直な話、その人間性に幻滅したぞ。

「二勝した方の勝ちでどうだ？」

ここでテッドの提案を受けてやる義理はない。それにあまりやりすぎてしまうと、それこそラフィーネさんとルナさんの関係が悪くなってしまいそうだからな。

俺が断りの言葉を口にしようとしたその時。

「リックくん……だったな。ちょっといいか」

俺はシオンさんからついてくるように促され、ラフィーネさんのもとへと連れていかれる。

「リックくん。申し訳ないが、もう一度テッドと立ち合ってもらえないか」

先程の言葉とは打って変わって、シオンさんはテッドと試合をするよう言ってきた。

疑問が俺の顔に出ていたのか、シオンさんは真剣な顔で説明し始める。

「私は何故ラフィーネ様がテッドにリックくんと試合をさせるのか疑問に思っていたが、ようやくわかった。最近の驕り高ぶったテッドの性根を叩き直すためだったんだ」

な、なるほど。確かにいきなり試合をさせられるからおかしいとは思った。将来有望なテッドに上には上がいることを見せて、もっと大きく成長させるための試合だったのか。

偉い人は色々考えているんだな。

俺とシオンさんは、ラフィーネさんから肯定の言葉が返ってくると思い彼女の方を見る。

「…………そ、そうなの。わかってもらえて嬉しいわ」

「ラ、ラフィーネ様？　今の間は……」

まさかあまり深く考えてなかったんじゃないか？

俺とシオンさんは疑いの眼差しをラフィーネさんに向ける。

「……だって面白そうじゃない。クイーンフォルミを倒した英雄と、我が国で五本の指に入る剣士との戦いを見てみたくて。それにおつ……」

「ラフィーネ様！」

ラフィーネさんが何かを言いかけたが、シオンさんが突然大きな声を出して言葉を遮る。

「おつ？」

「な、何でもないのよ。とにかくシオンの言うとおり、リックくんは遠慮せずに戦ってくれて大丈夫です」

「それがテッドさんにとって屈辱的な敗北になっても？」

「テッドはこのまま終わるような人間ではありません。私もシオンも彼の実力を買っています。どうかテッドのためにもリックくんの力で倒してください」

「わかりました」

テッドは周りの人に恵まれているな。ラフィーネさんもシオンさんもテッドのことを真剣に考えている。

それに、俺にも都合がいい話だ。ズーリエの街をバカにし、敗北しても負けを認めないこの男は、完膚なきまでに叩きのめしてやらなくては。

テッドにとって最も屈辱的な敗北は何か、それは……

俺はテッドのもとへと向かいながら魔力を高め、魔法を唱える。

「クラス5・創造創聖魔法（クリエイトジェネシス）スキル作製（さくせい）」

俺はスキルを一つ創造し、テッドの前に立つ。

「何か知らないが魔法を使ったということは、もう一度戦うってことでいいんだな？」

「テッドさんの上司の方にもお願いされましたからね」

「それはそれは。ラフィーネ様とシオンさんに感謝だな」

頼まれたのはあんたを叩きのめすことだけど。テッドは勘違いしているが、わざわざ言う必要もないな。

「それじゃあ始めるぞ。二回先に勝利した方が勝ちだ。それでいいな？」

「いや、よくない」

「よくない……だと……だったらルールはどうするんだ？　三回勝負にするか？」

「テッドさんが負けを認めるまで何度でも戦います」

「このやろう、一度勝ったからって調子に乗ってるな」

「どちらにせよ、俺とはもう戦いたいと思わなくなるので」

「抜かせ！」

俺も人のことは言えないけど、簡単に挑発に乗ってくれるな。テッドにはジルク商業国の最重要人物を護衛する役割があるから、もっと冷静になってほしいものだ。頭に血が上った状態だと、またさっきの二の舞になることに気づかないのか？

「シオン、二人の間で火花がバチバチいっているわよ」

「ラフィーネ様、楽しそうな顔をしないでください。それより試合開始の合図を」

「そうね。リックくんの自信がどこから湧いてくるのか見てみたいわ」

俺とテッドは剣を構える。ただ、俺は先程とは違い、剣を両手ではなく片手で持ち、その切っ先をテッドへと向けた。

「それでは始めてください」

そしてラフィーネさんから試合開始の号令が放たれる。

しかしテッドは動かない。どうやらこちらの出方を窺い、カウンターを狙っているようだった。

挑発に乗っているように見えたが、意外にも冷静なテッドに俺は驚いてしまう。

ただのバカじゃないということか。

まあただのバカだったら、ラフィーネさんやシオンさんが期待をするようなことはないか。

だけどこれは俺が望んだ展開でもあるな。

それなら遠慮なく、こちらから攻撃をしかけさせてもらおう。

俺は右手に持った剣を後ろに引き、そしてテッドに接近しながら前方に突き出す。

「な、何だと！」

するとテッドから驚きの声が上がった。

俺が放った九本の剣がテッドに襲いかかる。

「バカな！　これは俺の！」

テッドが驚くのも無理はない。何故ならテッドは今、自分の得意としているスキルで攻撃されているのだから。

先程俺が作製したスキルはミーティアスラストだ。

テッドが屈辱的だと思うことは何か。それは自分と同じ技を、いや、自分より優れた技を見せつけられることだと考えたのだ。

「俺以上の……」

そう、テッドのミーティアスラストは七本の剣に分かれての攻撃だったが、俺の剣は九本に分かれている。どちらが上か誰の目にも明らかだ。

それはテッドも例外ではなく、俺のミーティアスラストを見て驚きのあまり尻餅(しりもち)をついてしまった。俺は倒れたテッドの眼前で剣を止めて、彼を見下ろした。

「まだやりますか？」

口調は柔らかく、だけど殺気を込めて言い放つ俺に、テッドは冷や汗をかき、緊張からか唾(つば)を飲み込んだ。

この後の返答次第では自分の眼球がどうなるか、理解してもらえたようだ。

まあそうは言っても、本当に眼球を突き刺すような真似はしないけど。

「わ、わかった。もうやらない。俺の負けでいい」

テッドは素直に負けを認め、剣を地面に置く。

どうやら実力の差を見抜く目はあったようだ。まあ、自分のスキルの上位互換のようなものを見せられたのだから、諦めるしかないだろう。

俺が絶望に打ちのめされているテッドの前で剣を鞘に納めると、先程と同じように周囲から歓声が湧いた。

「リックさんの今のスキルは、さっきあのテッドという男が見せたものじゃ……」

「あの若いもんも上には上がいることがわかっただろ」

「いやはや、とんでもないものを見せてもらいましたね」

少しやりすぎた感はあるが、ズーリエの街の皆には、俺がクイーンフォルミを一人で倒したことが伝わっているから、問題ないだろう。

むしろ問題はサラダーン州から来た三人だ。

「テッド、大丈夫か?」

「ああ」

「誰彼構わず噛みつくからこういうことになるのだ。今回は敵ではなかったからいいものの、我々に仇なす存在だった場合、お前はラフィーネ様を危険に晒す可能性もあったんだぞ」

「返す言葉もねえ」

「まあまあ、テッドの強気なところは長所でもあるんだから。ただ今後は相手の力をしっかりと見極めてちょうだいね」

「はい……」

どうやらラフィーネさん達の話は終わったようだ。テッドも最初会った時とは別人のように意気消沈している。

「リックくん、テッドとの試合を受けていただきありがとうございます」

「いえ、気にしないでください」

ラフィーネさんに言われなくても、俺はズーリエをバカにしたテッドと試合を行っていたと思うし。

「それで、ルナさんとリックくんと……そこの方で少しお話がしたいのですが」

そこの方とはハリスさんのことを言っているのだろう。

「わ、わかりました。それでは皆様は通常の業務へと戻ってください」

「「はっ！」」

ルナさんの命令で衛兵達は北門から街へ入り、仕事へと戻っていく。

そういえば今ふと思ったけど、ハリスさんはラフィーネさんの容姿についてあまり褒めたりしないな。ルナさんの時は美しい代表と働けて幸せだとか言っていたのに。さすがにこの国で一番偉い人だから遠慮しているのか、それともハリスさんはロリコンで、若い子じゃないとダメなのか。

しかし俺の疑問は、この後すぐに解消されることとなる。

「改めまして、サラダーン州の代表をしているラフィーネです」

「ルルル、ルナと申します。ズ、ズーリエの代表をしています！」

周囲の人数が減った影響か、ルナさんのラフィーネさんに対する緊張がまたぶり返してきた。というか最初の時よりひどくなっている気が……

「ルナ代表。そんなに緊張しなくても大丈夫ですよ。妹は猫を被って、尊敬されるラフィーネを演じているだけですから」

「ハ、ハリスさん失礼ですよ！　ラフィーネ様に対して猫を被るだとか妹などと……い、妹！」

ハリスさんの妹宣言に対して、ルナさんは少し遅れたタイミングで驚愕していた。

これは驚いた。確かに妹なら綺麗だの何だのと褒めることはないだろうし、ハリスさんがラフィーネさんのことをやけに細かい特徴まで知っていたのも納得だ。

「兄さん、余計なことを言わないでちょうだい！」

「いや、ラフィーネもルナ代表やリックくんと気兼ねなく話せた方がいいと思って。時間が経てば経つ程素の自分を出しづらくなりますよ」

「確かにそうだけど……」

ラフィーネさんはチラリとルナさんに視線を向ける。

自分を尊敬してくれるルナさんのことをガッカリさせたくないのだろうか。

「大丈夫です。私は以前ラフィーネ様やシオン様とお会いしていますから」

ん？　てっきりルナさんはラフィーネさん達とは初対面だと思ったんだが、面識があるのか？

「ああ、リックくんは余所の国から来たから知らないのか。この二人はかつて勇者パーティーの一員だったんだよ」

「えっ！」

ラフィーネさんとシオンさんが元勇者パーティー？　つまり、二人はジルク商業国の勇者パーティということか。グランドダイン帝国が認めたハインツ達とは違う勇者パーティーだ。

「私は幼き頃、魔物に襲われたところをラフィーネ様に助けていただきました。その時のラフィーネ様は今よりお茶目な方だったのをよく覚えています」

「……私の性格はバレちゃっているのね。てっきり兄さんが面白おかしく私のことをルナさんに伝えているんだと思っていたけど、違ったみたい」

「ラフィーネは兄を何だと思っているんですか」

「忘れたとは言わせないわよ。過去に何度兄さんにからかわれたか。あれは初めて冒険に出た時……」

何だか思い出話が始まってしまったぞ。さっきまでの張り詰めた空気はどこに行ってしまったんだ。

「ラフィーネ、今日はそんなことを伝えるためにここに来たわけじゃないですよね？」

「そうね。私はアルテナ様に言われてこのズーリエの街にやってきました」

「えっ？」

この人今、サラッととんでもないことを言わなかったか？

「すみません。もう一度お聞きしてもよろしいですか？」

「ええ、問題ないわ。私は女神アルテナ様に言われてズーリエの街を訪れたの」

やはり聞き間違いではなかった。だけどアルテナ様と話ができるなんて信じられるか？　いや、俺もアルテナ様と話すことができたな。それなら、ラフィーネさんがアルテナ様と話すことができないなんて決めつけるのもおかしな話だ。

「リックくん、私のことを見て。そうすれば全てがわかるはずよ」

「えっ？」

見てってどういうことだ？　現状俺はラフィーネさんに視線を向けているので、見ているといえば見ているけど……

「ラフィーネ？　どうしました？　しばらく見ない間に痴女にジョブチェンジしたのですか？」

「ち、違うわ兄さん！　アルテナ様がリックくんにそう伝えれば、私の言っていることを理解してくれると……」

もしかして鑑定のことを言っているのか？　もしそうだとしたら、それだけでラフィーネさんはアルテナ様のことを知っている可能性が高くなる。

「さあ、どうぞ。けど、エッチなことはやめてね」

「リックさん、やめてくださいね」

「は、はい」

ラフィーネさんに続いてルナさんも笑顔で話しかけてきたが、すごいプレッシャーをかけられた気がする。

と、とにかくラフィーネさん本人から許可を得ているし、鑑定してみるか。

俺はラフィーネさんに向かって鑑定スキルを使用してみる。

名前：ラフィーネ
性別：女
種族：人間
レベル：55／150
称号：サラダーン州の代表者・好奇心旺盛・お転婆
力：82
素早さ：162
防御力：121
魔力：2021
HP：232
MP：492
スキル：魔力強化B・簿記・料理・神託
魔法：神聖魔法クラス6

さすが元勇者パーティー、能力が比較的高めだ。称号の【好奇心旺盛】と【お転婆】が気になるが、それ以上にスキルの欄にある【神託】が引っかかる。

神のお告げを聞くことができる能力だと思うけど、まさかこのスキルでアルテナ様と交信することができるのか？

「どう？」

ラフィーネさんが俺に問いかけてくる。

「ラフィーネさんは神託……というスキルを持っていますね。これでアルテナ様とお話をされたのかと」

俺の言葉にラフィーネさん、シオンさん、ハリスさん、テッドが驚きの表情を浮かべる。

「もしよろしければ、何故私が神託のスキルを持っていることがわかったのか教えていただいても？」

鑑定スキルについて知っているのはルナさんだけだ。それだけこのスキルは強力なものだし、他の人に知られたくないものでもある。

でも、俺はここにいる人達になら伝えてもいいと思っていた。特にラフィーネさんはこの国の権力者であり、人間的にも好ましい人物だ。何よりアルテナ様と交信できるような人が、今後後ろ盾になってくれれば心強い。そのためにもある程度の情報開示をすると共に、どこまでアルテナ様から俺のことを聞いているのか確認しておきたいな。

「俺は鑑定というスキルを持っていて、相手の能力を知ることができるんです」

「鑑定……そのようなスキルがあるなんて驚きです」

「戦いの際にあればこの上なく便利ですな」

ハリスさんとシオンさんが感心したように呟いた。

「アルテナ様とお話しできる神託もすごいスキルだと思いますが、他人には言えませんね」

女神の代行者として祭り上げられそうな感じだが、実際にそのような状況になっていないということは秘密なのだろう。

「さすが兄さんが認めるだけはあるわ。理解が早くて助かります。それに私のスキルは、いつどこででも使用できるものではないから」

「え〜と、それはどういう……」

「私が女神様からお告げをいただけるのは、夢の中だけなの」

お告げか……もしかしてテッドと戦う前にラフィーネさんが言いかけたのは、お告げのことだったのかな。

「しかも内容を選ぶことはできないので不便よ。昨日なんて今日の夕食の内容だったから」

「そ、それは何というか、少し楽しみが減ってしまいますね」

ルナさんはお告げの内容に苦笑いを浮かべた。

「夢でそんなものを見せられても困ってしまいますね」

「そうなの！　朝からお腹が空いて困っちゃうわ」

そういう問題か？　それにしても、アルテナ様は何てものを夢で見せているんだ。

「リックくんの時も『会って味方になってもらえ。私のことを見てもらえば仲間になってもらえる』としか言ってくれなかったのよ。それと、ルナさんと一緒にいるところを見せられて……」

何故かラフィーネさんは俺から視線を外し、顔を赤くする。

何だかものすごく嫌な予感がするんだが、気のせいだろうか。

「リックくんとルナさんが一緒のお布団で寝ていて……ルナさんは朝方あられもない姿に……」

「いや、それは……」

マジであの女神は何てものを夢で見せているんだ！

よりによって俺の人間性が疑われるシーンを見せなくても。絶対わざとだろあの女神！　次会った時に痛い目を見せてやるからな！

だけど今の話を聞く限り、俺が異世界転生者であることや、万能の転生特典である創聖魔法を使えることまでは知らないようだ。さすがにこの二つに関してはまだ隠しておきたいから黙っていよう。

「きっと女神様のいたずらでしょう。俺はそんなことしませんよ。それより俺の方こそ、サラダーン州の代表と親しくなれるのはとても嬉しいです。こちらこそよろしくお願いします」

「まあ、それはよかったわ。ルナさんもよろしくね」

「はい！」

こうして俺達とラフィーネさんとの邂逅（かいこう）は、女神アルテナ様の神託もあり、良好？　なものとなった。

「それでは街をご案内します。その後はラフィーネ様達の歓迎会を準備していますので」

「ありがとう。とても楽しみだわ」

ラフィーネさん一行は俺達の後に続いて、北門からズーリエの街に入る。

しかし、俺はそのうちの一人が街に入ることを許さなかった。

「テッドさん、しれっと街に入ろうとしないでくださいね」

「ちっ！　覚えていたか」

「覚えてますよ。負けたらこの街にいる間奴隷になるって、自分から口にしましたからね」

「くっ！」

そんなに悔（くや）しそうな顔をしても俺は許さない。けれど本当に奴隷の首輪をはめるわけにもいかないので、俺はある提案をすることにした。

そして俺達はラフィーネさんを連れて街の観光に向かい、テッドはある紙をぶら下げて北門の前に正座させられることとなった。

「なあにあれ？　本当にお願いごとを聞いてくれるのかしら」

北門を通る人々が皆、正座しているテッドへと視線を向ける。何故ならテッドがぶら下げている紙にはこう書かれているからだ。

【私はこの街をバカにした愚か者です。罰としてこの街の方々に奉仕させていただきますので、なんなりとご命令ください】

「くそっ！　何で俺がこんな目に！」

テッドは文句を言っているが、衛兵の一人に見張りを頼んでいるのでサボることはできない。

テッドはただ、ズーリエの街の人々のために献身的に働くしかないのであった。

第三章　繋(つな)がっていく真相

ラフィーネさん達に一通り街を案内した後、俺達は夕焼けで赤く染まった街並みを横目に役所へと向かった。

「ズーリエの街をゆっくり観光することができて楽しかったわ。最近は忙(いそが)しくてこんな風にのんびりする機会がなかったもの」

「サラダーン州の代表ともなると忙しいですよね」

俺の言葉に、ラフィーネさんはため息をついた。

「最近は魔物の討伐ばかりしていて」

「魔物の討伐……ですか」

ジルク商業国の州の代表になると、魔物の討伐をしなければならないのか？　いや、それはラフィーネさんが元勇者パーティーだから特別なのだろう。

「そのことについては後でお話しするわね」

ラフィーネさんは周囲に目を向ける。

なるほど、人前では話したくない内容というわけか。

「それでは、役所の部屋で少し休憩しましょうか」

そして俺達はルナさんの提案で役所の奥の部屋へと移動する。

夕方だったためか、役所の中にほとんど人はおらず、騒ぎにならずに奥の部屋へと行くことができた。

「ふう……」

椅子に座ったラフィーネさんは、蒸し暑い中ズーリエの街を歩いたせいか、額に汗を浮かべていた。

汗だくな美人の姿って色っぽいな。

思わず見惚れてしまいそうになるが、今はラフィーネさんをもてなすことが優先だ。

「飲み物の用意は俺がしてもいいかな？」

「お願いします」

俺はルナさんに許可をもらい、異空間に手を伸ばして、あるものが入った瓶とコップを取り出す。

「綺麗～」

「確かに、このような透明で綺麗なものは見たことがありません」

「まさかガラス？　でも、私の知っているガラスはもっと不純物が混ざっていて、ここまで透明じゃないわ」

「それに今、何もないところから……これはテッドと戦った時に剣を出したのと同じ現象か」

ラフィーネさんは楽しそうに、シオンさんは驚いた表情で異空間から出てきたものを見ている。

「これはラフィーネさんの言うとおりガラスですね。ここは違う空間にしまってあるものを魔法で取り出しました」

「そのような魔法は聞いたことがないぞ」

「それは……ひとまず置いておいて、まずはこちらをお召し上がりください」

俺は異空間から取り出した瓶の中身をガラスのコップに入れた。するとたちまち、透明の液体から泡が湧き立ち、シュワシュワと音が聞こえてくる。

「これは何かしら？」

「水？　だが何やら泡が立っているような……」

ラフィーネさんとシオンさんは恐る恐るコップを手に持つ。

「冷たい」

「そうですね。少なくとも冷えた飲み物であることは間違いなさそうだ」

そして二人はゆっくりとコップの中身を飲んでいくと……

「おいしい！」

「うまい！」

感激したように叫んだ。

よし！　どうやら二人に受け入れてもらうことができたようだ。一応ルナさんにも先に飲んでもらって、おいしいとの言葉はもらっていたが、上手くいってよかった。

俺がラフィーネさんとシオンさんに提供した飲み物、これは前の世界にあったサイダーだ。この世界ではエール以外に炭酸の入った飲み物はないので、創造魔法を使って創ってみたのだ。

甘く清涼感溢れるこの飲み物なら、きっと受け入れてもらえると思っていた。

「おかわりをお願い！」

「私もぜひ！」

二人とも我先にとコップを差し出してきたので、俺は要望に応えてサイダーを再び八分目まで注ぐ。

するとラフィーネさんとシオンさんは、がっつくように喉を鳴らしながらサイダーを飲み干した。

「この上品な甘さはどうやって作っているの！」

「口の中で弾ける感触がたまらない。こんなにおいしい飲み物があるなんて」

「そこまで二人が称賛するなんて、私も飲んでみたいものですな」

「ハリスさんもルナさんも、どうぞお召し上がりください」

俺は二人にもガラスのコップを渡してサイダーを注ぐ。

「昨日いただきましたが、いつ飲んでもおいしいですね」

「なるほど。これはうまい。ラフィーネのために何かをしていると思っていましたが、まさかこのようなものを用意していたとは」

「ルナさんに頼まれたので協力させていただきました」

そう、ルナさんからラフィーネさんを最高の料理でもてなしたいと相談を受けていたので、俺は力を貸すことにしたのだ。

「このような飲み物が出てくるとなると、今夜の料理もお告げで見たとおり期待できそうね」

そういえば、ラフィーネさんは夢の中で今日の夕食を見たと言っていたな。

せっかくラフィーネさんを驚かそうと思っていたのに、アルテナ様は余計なことを……

次会えたら絶対に文句を言ってやる。

「あまりにも飲み物がおいしくて、話が逸れてしまったけれど」

それは最大の賛辞だな。サイダーを準備してよかった。

「私達は魔物を倒す旅をしていて、今回ズーリエに来たのはリックくんに会うことと、クイーンフォルミの討伐が目的だったの」

「ジルク商業国内で魔物の数が増えているから、ラフィーネさんが自ら討伐を？」

国のトップに近い人物が魔物討伐に出るなんて普通ではない。本来なら冒険者の仕事だ。けどラフィーネさんは元勇者パーティーだし、書類とにらめっこしているより、外で魔物を倒すことの方が好きそうだな。

「それもあるけど……もしかして今、私がお転婆だから魔物討伐をしているって思った？」

「す、少し思いました」

だって称号にも【お転婆】ってあったから、そう考えるのも仕方のないことだよな。

「正直ね。そういうところは嫌いじゃないわ」

「ラフィーネ、話がずれていますよ」

「兄さんは横から口を出さないで。私はリックくんとコミュニケーションを取っているところなんだから」

俺もラフィーネさんの素直なところがけっこう好きですなんて言ったら、ハリスさんが言うように話がずれてしまうからやめておこう。

「え〜と、それでジルク商業国内で発生している魔物だけど、通常の魔物とは違って何倍も強いの」

「通常の魔物より強い……」

それは覚えがある。何故なら俺が倒したクイーンフォルミも……

「私達はその魔物を異常種と呼んでいるわ。国内の上位ランクの冒険者が幾人も殺されているから、私達が代わりに討伐に出ることにしたの」

ラフィーネさんの言う異常種は、魔王化と無関係ではないだろう。俺はこの場にいる人達に、クイーンフォルミの鑑定結果を話すことにする。

「ラフィーネさん、その異常種の魔物ですが、会話をしませんでしたか？」

「会話？　いえ、そのような現象は見られなかったわ」

「俺が戦ったクイーンフォルミは、片言でしたが話をしていました」

「会話……だと……我々は十匹程異常種を倒したが、そのような個体は一度も……」

絶句するシオンさんに、ラフィーネさんが眉を寄せて言う。

「もしかしてそれは中型、小型の異常種だったからでは？　私達はクイーンフォルミのような大型の異常種に会ったことはないから」

なるほど。ラフィーネさん達は今まで、クイーンフォルミのような知能が高めの異常種とは出会わなかったということなのか。大型の魔物は脳も大きいからそれだけ知性があると言われているけど、魔物が人の言語を喋る(しゃべ)なんて想像できないことだよな。

「異常種が何故発生しているか、原因はわからないのですか？」

「今のところ、わかっていないわ」

「ではその魔物が異常種かどうかの判断はどうやって……」

鑑定スキルも持たないのに、その魔物が異常種であるかどうかをどうやって判断していたのか気になるところだ。

「それはアルテナ様が神託を授けてくださったから。それとクイーンフォルミに関しては、リックくんが倒してくれるとお告げがあったの」

何だ。ちゃんとアルテナ様も仕事をしているじゃないか。少しだけ見直したぞ。

「でも、現状は手詰まりね。異常種が何なのかわかっていないし、アルテナ様のお告げがなければ、魔物の居場所すらわからない」

「その異常種ですが、一つ気になることが……」

「気になること？　異常種の手がかりになることなら、どんな些細なことでも知りたいわ」

ラフィーネさんは真剣な目で訴えてきた。

俺はこの目を知っている。ルナさんが街をよくしようと考えている時と同じ目だ。

「前にクイーンフォルミに鑑定スキルを使った時に視えたんです」

「見えたって……何が？」

「名前の下に、魔王化の文字が」

「「ま、魔王化!?」」

魔王という言葉を聞いて、皆驚きの表情を浮かべる。

「はい。ですからラフィーネさん達が倒した異常種も、もしかしたら魔王化した魔物の可能性があるかと」

「しかし、魔王は百年以上前に勇者によって倒されているはず」

そう、ハリスさんの言うとおり、世界を滅ぼしかけた魔王は過去に勇者によって倒されている。

そしてそれ以降、力がある者は各国で勇者として認定されるようになったんだ。

「にわかには信じられない話だけど、リックくんが嘘をつくとは思えない。私はリックくんの言うことを信じるわ」

「ラフィーネ様、私だって人を見る目は持っているつもりです。リックくんの目は信頼に値するものだと思っていますよ」

ラフィーネさんとシオンさんは、戸惑いながらも俺の突拍子もない話を信じてくれるようだ。

魔王化についてもっと確実な情報を伝えたいと思った俺は、ある提案をしてみる。

「何かその異常種の素材を持っていませんか？　その素材を鑑定してみれば、魔王化したものかわかりますよ」

「素材ね……だったらテッドが持っているはずよ」

「そういえば牙を馬車に積み込んでいましたね」

頷くシオンさんの横で、ルナさんが手を挙げた。

「馬車は衛兵の方達に役所まで移動してもらいました。一応テッドさんに牙を借りる許可を得た方がいいですかね？」

「テッドさんは今衛兵の人とこちらに向かっていますね。あと十秒程でこの部屋に到着しますよ」

「リックくんはそんなことまでわかるの！」

驚くラフィーネさんの視線が部屋のドアへと向けられる。十秒程待つと、ドアがノックされる音が部屋に響いた。

「失礼します。テッド様が戻られましたが、お通ししてもよろしいでしょうか？」

そして俺の予測通り、テッドが部屋に到着したことを衛兵が伝える。

「本当にテッドが来るとは……ラフィーネ様が護衛にリックくんがいればいいと言った意味がわかりました」

「私もここまですごいとは思わなかったわ」

「え～と、中にお通ししても……」

「大丈夫です。ありがとうございます」

驚いているラフィーネさんとシオンさんに代わって、ルナさんが衛兵の人に返事をする。

すると、疲れきった顔をしたテッドが部屋の中に入ってきた。

「ちくしょう、この街の奴ら、遠慮なしに何でも頼んできやがって。どぶさらい、逃亡した猫の捜索、ベビーシッター、荷物運び、街の案内って！　俺はこの街の人間じゃないっての！　だが全部やり遂げたぞ！　これで文句はないよな」

どうやら真面目に街の人の依頼を聞いていたようだ。

だが、俺はまたテッドを絶望に叩き落とす一言を言わなくてはならない。

「じゃあ明日もよろしくお願いします」

「はあっ!?　何言ってんだよ！」

「この街にいる間は奴隷ですよね？」

「くっ！」

俺との約束の内容を思い出したのか、テッドはぐうの音も出ない。

ラフィーネさん達は明日の昼頃発つので、テッドの奴隷タイムはまだ終わってはいないのだ。

「それじゃあ改めてテッドさんに命令します。異常種から手に入れた牙の素材をここに持ってきてください」

「何でそんなものを……」

「奴隷は主人の命令に対して、いちいち聞き返すんですか？」

「ちくしょう！　お前はろくな死に方をしねえぞ」

こうしてテッドは泣き言を言いながら、また部屋を出て異常種の牙を取りに行った。

「だいたいこんなものを持ってきてどうするんだ？」

テッドはぶつくさと文句を言いながらも俺の言ったとおり、馬車から五十センチ程の長さの牙を二本持ってきた。

「これからリックくんがこの牙を鑑定して、異常種の正体を暴いてくれるんだ」

「異常種の正体を暴く？　そもそもリックは何の魔物の牙かもわかってねえだろ？」

「テッド！　文句を言うだけなら黙って見てろ」

シオンさんが一喝するとテッドは口を閉じる。さすがに上司？　にあたるシオンさんの言葉には従うようだ。

「では、鑑定スキルで視てみますね」

テッドが持ってきた牙に対して鑑定スキルを使うと、その詳細が視えてきた。


地竜魔王化の牙……地竜から採取した牙。とても固く武器や防具の素材として重宝される。品質B、金貨八百枚の価値がある。

やはり魔王化の文字がある。そうなるとラフィーネさん達が倒した異常種は、魔王化した魔物であると見て間違いないだろう。

「鑑定の結果はどうだったの？」

「どうせわからないんだろ？」

ラフィーネさんはハラハラした様子で、テッドは疑わしそうな目でこちらを見てくる。

やれやれ、テッドは何故余計な一言を口にしてしまうのだろうか。

案の定シオンさんに怒られていた。

「これは地竜の牙ですね」

「バカな！　地竜の牙だと見破るとは！」

「それに、魔王化という文字があります。ラフィーネさん達が倒した魔物は、十中八九魔王化したものでしょう」

まったく関係ない魔物の情報を、アルテナ様が神託で伝えるだろうか？　いや、夕ご飯を神託で見せるくらいだから、アルテナ様を百パーセント信用することはできないな。

「魔王化された魔物……リックくんのおかげで、異常種の魔物についての手がかりが増えたわ」

「悔しいがそのとおりだな。あとはザガト王国の奴らが怪しいってところだけか」

ん？　テッドが初めて聞く情報を口にした。

異常種の出現にはザガト王国が関係しているのか？

そして、その新情報に驚いているのは俺だけではなかったらしい。

「どうして異常種とザガト王国が関係するの？」

「その情報はどこで手に入れたんだ」

ラフィーネさんとシオンさんもザガト王国のことは初めて聞いたようで、驚きの表情を浮かべている。

「えっ？　今まで倒した異常種の発生場所のほとんどは、ザガト王国との国境に近い街や村だろ？ズーリエも南西に行けばすぐにザガト王国だし、何か間違っているのか？」

「た、確かにテッドの言うとおり、今まで倒した異常種の出現箇所はザガト王国に近い街が多いわ」

「テッドはいつから気づいていたんだ？」

「異常種を五、六匹倒したあたりだな。てっきり二人は気づいているものだと」

どうやら、テッドはラフィーネさんやシオンさんとは違った視点を持っているようだ。

それにしても、もしこの異常種の出現がザガト王国の仕業だったら、国際問題で戦争が始まってもおかしくないぞ。

「皆さん、今の話は内密でお願いね」

ラフィーネさんが口元に人差し指を立てる。

確かに、州や街の代表が、確たる証拠もないのに隣国が魔物を使ってジルク商業国を侵略しようとしているなんて話をしたら、本当に戦争が始まってしまう。

「承知しました。この件に関しては口外いたしません」

俺とハリスさんはルナさんの言葉に続き、深く頷くのであった。

トントン。

「ルナ代表。お食事の準備が整いましたが、いかがいたしましょうか？」

「いただきますので、準備をお願いします」

そしてちょうど話の流れ的にもいい頃合いだ。魔王化に関しての話を止め、俺達は食堂へと移動することにした。

「ついにこの時が来たわ」

「ラフィーネ様、どうされました？」

「私、アルテナ様のお告げで今日の夕食を見たって言ったでしょ？　すっごくおいしそうだったからずっと待っていたのよ」

ずっとって、夢を見たのが昨日から今日にかけてだから、まだ一日も経っていないじゃないかと突っ込みたい。しかし、お告げで今日の料理を見たのなら楽しみにしているのも頷ける。

「どうせ田舎の料理なんてたかが知れているだろ？」

「テッド！　お前は礼儀という言葉を知らないのか！」

テッドがズーリエをバカにしてシオンさんが注意する。まだ出会ったばかりだが、見慣れた光景になってしまったな。

だがテッドよ。バカにするのもそこまでだ。俺の料理を食べて吠え面をかくといい。

今日の夕食は前の世界の技術を使ったものだから、きっとうまいと言うはずだ。

俺達が食堂に到着し席に座ると、まずは食前酒が運ばれてきた。

「な、何だこれは！」

「こんなに見た目が綺麗な飲み物、見たことがないぞ」

どうやら最初に運ばれてきた赤と白の飲み物は、十分なインパクトを与えることに成功したようだ。

俺がまず最初に出したものは赤と白のワインだった。

この世界でのアルコール類はエールしかないため、ワインは三人にとって目新しい飲み物になるはずだ。念のためにワインが口に合わなかった時のことも考えて、エールも準備はしているが……

「おいしい！　爽やかな果実の香りが口の中に広がっていくわね」

「これならエールの苦味が苦手な俺も飲める酒だ」

テッドはエールの苦いのが苦手なのか。顔に似合わず可愛いところがあるじゃないか。

「こちらは前菜になります」

そして料理人が次に持ってきたのはサラダだ。内容はキュウリ、レタス、ダイコン、ニンジンと至って普通で、特徴があるわけでもない。

「サラダかよ。こんな味のないものを食べて何がおいしいんだ。田舎だから新鮮な野菜ですとでも言うつもりか？」

「私は美容にもいいから、サラダは好きだけどね」

「別の言い方をすれば、美容によくなければ食べる価値はないということだろ」

「そ、それは……」

珍しくラフィーネさんがテッドに言い負かされている。だがテッドの言うとおり、この世界のサラダと言えば生でそのまま食べることが主流となっている。そのため本当にうまい野菜じゃなければ、生で食べることはほぼない。

「こちらをかけてお召し上がりください」

そう言ってメイドがラフィーネさん達に液体の入った瓶を三本渡す。

一つは白いもの、二つ目は薄茶色のもの、三つ目は黄褐色(おうかっしょく)のものだ。

「これをかけて食べればいいのか？」

シオンさんが恐る恐るサラダに薄茶色の液体をかけ、混ぜてから口に入れる。

「むっ！　うまい！　香ばしい香りが野菜の味を一層引き立てている」

シオンさんは二つ目のものを気に入ってくれたようだ。サラダがみるみるなくなっていく。

「待って！　この白いものも程よい酸味があって、野菜をおいしくしてくれているわ」

「いや、俺はこの黄褐色のやつが気に入ったぜ。独特の匂いとコクがあって、これならサラダがいくらでも食べられるな」

それぞれ好みは違ったが、どうやら三人ともドレッシングを気に入ってくれたらしい。ちなみに一つ目の白いやつはフレンチドレッシングで、二つ目は和風のゴマドレッシング、そして三つ目はチョレギドレッシングだ。

「次はスープになります」

メイド達がスープをテーブルの上に置いていく。

「スープか……粗悪な塩を使ったスープは勘弁してほしいが……」

「でも、このスープ、ほのかに黄色く色がついていない？　それに何かおいしそうな香りがするわ」

三品目はチキンコンソメスープだ。これは母さんやルナさん達にも以前食べてもらって好評だったから、ラフィーネさん達も気に入ってくれるだろう。

「このスープもおいしい」

「うまくてあっという間に飲み干しちまったぜ。おかわりはないのか？」

「こらテッド！　はしたないぞ」

田舎の料理だなんだと文句を言っていたテッドは、もうこの場にはいなかった。おかわりを所望されるなんて、作り手には最大の賛辞だな。

「スープはまだありますから、遠慮せずにおかわりをしてください」

「それでは私もお願いするわ」

「ラ、ラフィーネ様。そ、それでは私ももらってもいいか」

どうやらテッドだけではなく、ラフィーネさんとシオンさんもチキンコンソメスープの虜になったようだ。三人とも皿がピカピカになるくらいの勢いでスープを平らげてしまった。

「それでは次が本日のメイン料理になります」

料理長が白い塊を載せたお皿を運んでくる。

「これは？　塩の塊か？」

「こんなもの食べられねえぞ。だがただの塩の塊じゃねえんだろ？」

今までの料理は完全にテッドの心を掴み、信頼を勝ち取ったようだ。

「これはこのようにして食べます」

料理長がめん棒を振りかぶる。そして塩の塊に向かって一気に振り下ろした。

すると塩の塊が割れ、中からジューシーに焼けた鳥の肉である、ホロトロ肉が出てきた。

ホロトロ肉はこの世界で一番脂が乗っている鳥肉と言われていて、ただ焼いただけでもうまい。

だが卵と塩を混ぜたもので覆い、塩釜状態で焼くと余分な脂がそぎ落とされ、さらに一段階上の風味を醸し出してくれる。

「このような料理は初めて見たぞ」

「これ、絶対うまいだろ」

「もう言葉はいらないわね。ただこの料理を堪能しましょう」

三人は、料理長が皿に分けて取った塩釜チキンを口の中に入れる。

特に賛辞の声は上がらなかったが、その恍惚とした表情で料理に満足してくれたことがわかった。

「こちらがデザートになります」

メイドが最後に持ってきたのは、ガラスのカップに入ったデザートだ。

「これはシャインアップルね」

「だけど、その隣にも何か黄緑色っぽい光沢のあるものが入っているぞ」

「とにかく食べてみましょう。これもおいしいに決まっているわ」

ラフィーネさんはスプーンを使って、シャインアップルをすくい口に運ぶ。

「う～ん、冷たくて甘くておいしい。シャインアップルなんてほとんど食べたことがないから、口にすることができて嬉しいわ」

「俺は初めてだけど滅茶苦茶うまいなこれ」

テッドが口いっぱいにシャインアップルを頬張りながら言うと、シオンさんが無言で頷く。

「それで次はこのシャインアップルと同じ色をした、光沢のある食べ物だけど」

ラフィーネさんは初めて食べるものだからか、恐る恐るスプーンで黄緑色の物体をすくう。すると黄緑色の物体はプルンと揺れた。そのまま口に入れると、ラフィーネさんの笑顔が弾ける。

「おいしい！　これ、シャインアップルの味がするわ！　だけど清涼な感じが口に広がって……この味は大好きよ！」

「ホントだ！　何なんだこれは！」

「それはゼリーという食べ物です。シャインアップルを使って作りました」

この世界にはもちろんゼリーなどという食べ物はない。魔法で創造したゼラチンを使って作ったものだ。

前の世界の甘い食べ物なら、絶対に喜んでもらえると思っていた。

これでラフィーネさん達をもてなす料理は終わりだけど、きっと満足してくれただろう。

その証拠に……

「ルナ代表、ハリスさん、リック！　今日の料理滅茶苦茶おいしかった！　田舎だからとバカにして申し訳なかった」

テッドが正座して、床に額がつくくらい頭を下げてきた。

「いえ、喜んでいただけたならよかったです」

ルナさんが微笑（ほほえ）んで答える。

「バカにした分は、明日も街のために働くから許してほしい」

テッドは意外と素直で、根はいい奴なのかもしれないな。だから思ったことをそのまま口に出してしまうのだろう。俺はテッドに立ち上がるよう促しながら言った。

「わかりました。その謝罪を受け入れます」

「本当に悪かった！」

「それよりまだデザートが残っていますから、ゆっくり堪能してください」

「ああ。ありがとう」

こうしてラフィーネさん達一行をもてなす料理は、俺達のわだかまりを見事に解き、和（なご）やかな雰囲気で夕食の時間は終わった。


翌日。

テッドは朝から街に出て、困っている人達のために奔走していた。そして太陽が高くなった頃、とうとうラフィーネさん達とのお別れの時がやってきた。

「あれ？　ルナさん、その姿は？」

ルナさんは何故かクイーンフォルミを討伐した時のような、ラフな格好をしていた。

「近隣の街や村へ、ズーリエの代表になった挨拶に行く予定になっていまして。せっかくですから、途中までラフィーネ様に同行させていただこうかと」

なるほど。今後のズーリエの発展を考えると、確かに近隣の街や村の代表達とは連携を取った方がいいだろう。

「一週間程で戻ってくる予定なので、それまで街はハリスさんにお願いすることになっています」

「お任せください。必ずや女性が暮らしやすい街にしてみせます」

「程々にお願いしますね」

ルナさんはハリスさんの答えに苦笑いしている。

この人にズーリエを任せて大丈夫なのか？　気づいたら街全体がハリスさんのハーレムになっているなんてこともありえそうだ。

三人で談笑していると、ラフィーネさんがこちらにやってきた。

「リックくん……ここに滞在している時の食事は全てリックくんが用意してくださったとか。とてもおいしいものばかりだったわ」

「喜んでいただけて何よりです」

「お礼と言っては何だけど、これをルナさんとリックくんに渡しておくわ」

「これは……」

ラフィーネさんが懐から二つの腕輪を取り出し、俺とルナさんに手渡してきた。

俺はその腕輪に対して鑑定スキルを使用してみる。


交信の腕輪（子）……腕輪を装備していれば離れた場所からメッセージを送ることが可能となる。

ただし距離が離れているとその分時間がかかる。また、親と子でメッセージを送ることはできるが子と子ではメッセージを送ることはできない。品質A、金貨五千枚の価値がある。


何だ？　ポケベルみたいなものなのか？

だがこの通信機器がない世界ではかなり重宝するだろう。

俺はとりあえず左腕に腕輪をはめてみる。

「これは離れた位置からメッセージを送れるアイテムですね」

「さすがリックくん。説明いらずね」

説明されないと、それはそれで困るんだけど。

「リックくんの言うとおり、私が持っている腕輪に言葉を送ったり、逆に私からの言葉を受け取ったりすることができるわ」

なるほど。これはもしかして、ラフィーネさん今日も綺麗ですねって思い浮かべたら、伝わってしまうということか。

（ふふ……ありがとう。リックくんもカッコいいわよ）

「えっ！」

突然頭の中に言葉が聞こえてきて、思わず声を上げてしまう。

「リックさん？」

「いや、何でもないよ」

ルナさんが怪訝な顔をしたので俺は慌てて首を横に振った。ラフィーネさんのことを綺麗だって、頭の中で思い浮かべていたなんて言えるわけがない。

とりあえず俺は左腕にはめた腕輪を外し、これ以上ラフィーネさんと交信ができないようにする。

俺の狼狽えている様子を見て、ラフィーネさんはいたずらっ子のような笑みを浮かべていた。

何かこのお転婆な人に弱みを握られた気分だ。

「要は、この腕輪を持っていると私と会話をすることができるのよ。ただ、距離が離れているとメッセージが届くのに時間がかかるから注意が必要だけど」

「すごく便利なアイテムですね。このようなものをいただいてもよろしいのですか？」

「二人にはズーリエでとてもよくしてもらったから。それにあなた達がピンチの時は私が助けたいから、もらってくれると嬉しいわ」

「わかりました。何かありましたら、いつでもご連絡ください。ラフィーネさんが危ない時は必ず駆けつけます」

「まあ、私にはシオンとテッドがいるから大丈夫よ。それより……」

ラフィーネさんが俺達……いや、特にルナさんに視線を向ける。

「あなた達は人に頼るのが苦手そうだから。困ったことがあったらいつでも連絡してきてね。あっ！　別に特に用事がなくても、さっきみたいなメッセージを送ってくれてもいいわよ。ねっ！リックくん」

「えっ？　リックさんは腕輪を使ってラフィーネ様にメッセージを送ったのですか？」

「ど、どうだったかな？　それより、そろそろ出発の時間じゃ」

「そうね。これ以上護衛を待たせるわけにはいかないわ」

何だか俺をからかってくるところがアルテナ様そっくりだな。神託で声を聞けるからといって、そういうところは真似しないでほしいものだ。

「それでは行ってきますね」

ルナさんが微笑みながら俺に近づいた。

「気をつけて。何かあったらラフィーネさんを介して連絡してね」

「わかりました。リックさんもお元気で」

ズーリエに来てからはずっとルナさんと一緒だったから、離れるとなると何か変な感じだ。

トラブルに巻き込まれやすい人だから心配といえば心配だけど、ラフィーネさん達もいるし、衛兵の人達も護衛につくから大丈夫だろう。

「リックくん、また会える日を楽しみにしているわね」

「世話になった」

「またうまい飯を食べさせてくれよ！　代わりに地竜の牙を加工した武具をやるからよ」

こうして俺は、ズーリエの西門から出ていくルナさん達が見えなくなるまで見送り、カレン商店へと戻った。

第四章　妹に友人ができるのは嬉しいことだ

ルナさんとラフィーネさん達がズーリエを出発した翌日の早朝。

「お兄ちゃんおはよー！　朝だよ！」

突然自室のドアが開き、ノノちゃんが部屋に入ってきた。

うぅ……まだ眠い。正直もっと寝てたいぞ。

だがそれをノノちゃんが許してくれない。兄を起こすのは妹の務めだという自分ルールを守っているからだ。

俺の身体をユサユサと揺らしてくる。

子供って何でこんなに早起きなんだ。母さんとおばあちゃんは何時まで寝てても起こしてこなかったのに。

何だか今の俺は、子供に起こされる休日のお父さんの気分だ。

とにかくまだ寝たい。俺は寝たふりをすることを決める。

「あれ？　お兄ちゃんが起きないよ。もしかして寝ているふりをしているの」

どうやら俺の演技は一瞬で見破られたようだ。

しかしだからと言って起きることはしない。俺はまだ寝ていたいんだ。

このままノノちゃんが諦めてくれるのを待つことにしよう。

「お兄ちゃん、お兄ちゃん……お母さんのおいしいご飯が待ってるよ。早く起きないと冷めちゃうよ」

それは困る。だけどもう一度温めればいいだけだ。

俺は何をされても布団から出たりしないぞ。

「ふ〜ん……どうしても起きたくないの。それなら、こうすればどうかな？」

ん？　ノノちゃんが布団を捲り手を入れてきた。そして俺の脇腹に手を置いた。

まさかノノちゃんは、くすぐるつもりなのか。

「こうされたらお兄ちゃんも起きるしかないよね」

ノノちゃんはそう宣言すると、俺の脇腹を激しくまさぐった。

ククッ……こ、これはヤバい。

俺は思わず笑い声を発してしまいそうになるが、何とか堪える。

「どう？　どう？　いつまで堪えられるかな？」

ノノちゃんのくすぐり攻撃がより一層激しさを増してきた。

さすがにこれを続けられるとまずい。だけど手を振り払えば起きていることがバレてしまう。

安眠を得るためにはこのまま堪えるしかないのか。
ク、ククッ……ふははは。
も、もうダメだ。これ以上笑いを我慢することなどできない。

俺は負けを認めてノノちゃんに手を伸ばそうとする。

だがその前にノノちゃんのくすぐり攻撃が止んだ。

「お兄ちゃん、本当に寝てるの？」

「…………」

ノノちゃんの問いかけに対して、そのまま寝たふりを続ける。ここを乗り切ればノノちゃんは諦めてくれるかもしれない。そんな思いを巡(めぐ)らせていたが、ノノちゃんは俺の想像の斜め上をいくことを言ってきた。

「大変！　もしかしてお兄ちゃん具合が悪いのかな。こういう時ってまずは心臓が動いているか確かめるんだよね」

ノノちゃんは俺の胸に耳を当てて、心臓の鼓動を確認し始める。

な、何か色々誤解されそうな体勢だな。頼むからこのタイミングで母さんとかが現れないでくれよ。

だが俺の不安は杞憂に終わった。ノノちゃんは心臓の音を確認し終わったのか、俺から離れていく。

「う〜ん……心臓は動いているよね。それじゃあどうして起きないのかな？　もしかしてお兄ちゃん、息ができてないの！」

確かに寝ていると気道が狭くなって、呼吸ができなくなる病気はある。だけどそれをノノちゃんが知っているとは思えないし、当てずっぽうだろうな。

ノノちゃんが慌てふためいているのが、目を閉じていてもわかる。

何だか寝たふりをしているのが申し訳なくなってきた。

「こここ、こういう時はどうすればいいの？　心臓マッサージ？」

いや、心臓は動いているから、それはやらなくてもいいのでは？

「違うよね。息をしてないなら、じじ、人工呼吸だよ！」

その前に息をしているか確認しないの？

まずは気道を確保して、口元に耳を近づけて息をしているか確認するか、胸が上下に動いているか見るのが先じゃない？

だけどそんなことを子供のノノちゃんに言ってもわからないか。

「ノ、ノノはキスしたことないけど上手くできるかな？　お兄ちゃんはノノにキスされると嫌かな。

ううん……これはキスじゃなくて人工呼吸。ノノが躊躇ってたらお兄ちゃんが死んじゃう！」

我が妹は変な方向にやる気を出してしまった。

このままだと本当にキス……じゃなく人工呼吸をされてしまうのでは？

ノノちゃんが俺の両肩に手を置いた。

まずい！　さすがにノノちゃんを騙したまま、人工呼吸をさせるわけにはいかない。もう寝ることは諦めた方がいいな。

「う～ん……そろそろ起きる時間かな」

「きゃっ！」

目を開けるとノノちゃんは驚いたのか、可愛らしい声を上げながら床に尻餅をつく。

あ、危なかった。ノノちゃんの顔とは数センチしか離れてなかったぞ。あと一秒目を開けるのが遅かったら、ノノちゃんとキスをしていた。もしそんなことになっていたら、良心が痛むどころじゃなかった。

俺は人工呼吸を阻止することができて、安堵のため息をつく。

「お、お兄ちゃん起きてたの？」

「起きてた？　俺は今起きたばっかだけど。そういえばノノちゃんの顔がすごく近かったような……」

「お兄ちゃんが全然起きなかったから、息をしてないと思って」

「人工呼吸をしようとしてた？」

「うん。ノノ、すごく心配したんだから……」

「うっ……ごめんなさい」

ノノちゃんが目にうっすら涙を浮かべていることから、俺のことを本当に心配してくれたことがわかる。

寝たふりをしてすごく申し訳なくなってきたため、俺は素直に頭を下げた。

「お詫（わ）びに今日は一日ノノちゃんに付き合うよ」

せめてもの罪滅ぼしに、俺は提案してみる。

「本当？」

「うん。何でも言って」

「それじゃあノノ、冒険者ギルドに行ってみたい」

ノノちゃんから予想外の言葉が返ってきた。

「俺はいいけど、そんなに楽しいところじゃないよ」

見た目が少し怖い荒くれ者達がたくさんいるからな。

「いいの。お兄ちゃんがどんな場所で働いているのか気になって」

「わかった。それじゃあご飯を食べたら行こうか」

「うん！」

そして俺達は朝食を食べて、ノノちゃんの望みどおり冒険者ギルドへと向かうことにした。


「ここが冒険者ギルドなんだあ」

ノノちゃんは冒険者ギルドに到着すると、目を輝かせて室内を見て回る。

ズーリエの冒険者ギルドは先日まで廃れていたこともあり、衛生的にも綺麗な場所ではないし、がらの悪い奴もいる。なるべくならノノちゃんを連れて来たくはなかったところだ。

「何だこのガキは？」

「ここは子供の来る場所じゃやねえ」

「こんなところにいたら怖～いお兄さん達にいたずらされるぞ」

そして俺の心配していたとおり、女の子がいるのが珍しいのか、冒険者達がノノちゃんを取り囲んだ。

「えっ？　ノノはお兄ちゃんが働いているところが見たくて……」

「お兄ちゃんだと？　妹を冒険者ギルドでほったらかしにするなんて、ろくな兄貴じゃねえな」

「そんなことないよ。お兄ちゃんは素敵な人だよ。それにノノはほったらかしにされているわけじゃ……」

「どうも〜、ろくでもないお兄ちゃんです」

俺は背後から、ノノちゃんの後ろにいた二人の冒険者の肩を思いっきり掴む。

「「ひぎゃぁぁぁっ！」」

冒険者の二人はあまりの痛さに悲鳴を上げている。

だがノノちゃんを怖がらせたんだ。これくらいで済んだことをありがたく思うがいい。

「リ、リックの兄貴……」

「うちの妹に何か用かな？」

「このお嬢さんが兄貴の妹？」

「そうだけど、それに何か問題が？　ノノちゃんが怖がっているから離れてくれると助かる」

「わ、わかりました」

冒険者達は俺のプレッシャーに押されてか、すぐさまノノちゃんから離れた。

「大丈夫？」

「うん。ノノは平気だよ」

さっきは怖がっていると言ったが、ノノちゃんは冒険者に囲まれても特に取り乱している様子はなかった。

もしかしたら貧民街で育ったから、このくらいは何でもないのかもしれないな。

「いや～、まさかリックの兄貴に妹がいたなんて知りませんでした」

「これから妹さんはＶＩＰ待遇でおもてなしさせていただきます！」

ノノちゃんが俺の妹と知って、急に態度を百八十度変えてきたな。

「冒険者ギルドの評判にも関わるから、誰にでもその態度で頼むよ」

「わかりました！」

冒険者達は背筋を伸ばして返事をすると、逃げるように去っていった。

やれやれ……もう少し愛想よくしてくれないと、冒険者ギルドに依頼する人がいなくなってしまうぞ。

以前のように素行が悪く、やる気のない冒険者ギルドに戻るのはやめてくれよ。

まあでも、それはないか。ヒイロくんや、Ｂランク冒険者のダイスさんがいるしな。

「あれ？　リックさんじゃないですか」

突然背後から声をかけられる。

噂をすれば何とやらだな。この声と気配には覚えがある。

「ヒイロくん……それにイリスちゃんも」

「ご無沙汰(ぶさた)しています。先日は助けていただきありがとうございました」

「お姉ちゃんを助けてくれてありがとうございました」

二人は丁寧に頭を下げる。改めてお礼を言われると少し照れてしまうな。

「あれからどう？　何か困ったこととかない？」

ヒイロくんとイリスちゃんの姉弟は両親が既におらず、二人で暮らしているらしいからな。心配になって聞いてみた。

「はい。大丈夫です」

「そっか。何かあったら言ってね。力になるから」

「ふふ……ありがとうございます」

俺の言葉を聞いて何故か二人から笑みが零れる。

「どうしたの？」

「いえ、申し訳ありません。少し言葉は違いますけど、先程ダイスさんにも同じことを言われまして。ヒイロはリックお兄さんやダイスさんのような方が側にいて幸せです」

「そうだね。お二人に出会えてボクは本当によかったです」

どうやらダイスさんは、イリスちゃんを助けた後も二人のことを気にしてくれているようだ。

「お、お兄ちゃん……」

俺の後ろに隠れていたノノちゃんが、突然服を引っ張り視線を送ってきた。

どうやら人見知りをしているらしい。

以前ヒイロくんとは会ったことがあるけど、もしかしたらイリスちゃんとは初めてなのかな？

二人はナルキスの手によって奴隷にされていたけど、扱いが違っていたからな。

「ノノちゃんはイリスちゃんのこと知ってる？」

俺の問いに対してノノちゃんは首を横に振った。

「そっか。え～と……俺の妹になったノノちゃんだ。二人ともよろしく頼む」

「ルナ代表から聞いていたけど……そうですか。改めて、ボクはヒイロです」

「私はイリスです。よろしくお願いします、ノノさん」

「ノノだよ。よろしくね」

ノノちゃんは俺の後ろから出てきて、二人に自己紹介をする。

三人とも歳が近いからきっといい友達になれるはずだ。これは俺の希望的観測だったが、予想どおり三人はすぐに打ち解けて話し始めた。

「リックお兄さんの妹になれるなんて羨ましいです」

「ボクもリックさんみたいなお兄さんに憧れてしまいます」

「えへへ……お兄ちゃんは強くて優しくて最高のお兄ちゃんだよ。ノノ、お兄ちゃんの家族になれてすごく嬉しかった」

二人が俺のことを褒め始めたぞ。ちょっと照れてしまうな。

周囲も温かい目で見守っており、何だか恥ずかしくなってきた。

「そ、そういえば二人はどうして冒険者ギルドに？」

俺は話題を変えるために、ヒイロくん達に問いかける。

「実はダイスさんが風邪を引いてしまって。一角（ホーン）ラビットのお肉が食べたいって要望を聞いたので、依頼がないか探しに来ました」

「ダイスさんが風邪？　大丈夫なのか？」

「もう熱は下がっているみたいです。ヒイロが日頃お世話になっているから、少しでもお役に立ちたくて」

一角ラビットは角があるウサギで、畑を荒らす魔物だ。逃げ足が速いという特徴があるが、今のヒイロくんなら問題なく狩れるだろう。そして一角ラビットのモモ肉はけっこううまい。

「お兄ちゃん、イリスちゃん達と一緒に行きたいな。いい？」

「いいよ。今日は一日ノノちゃんに付き合うって約束したから、俺も行くよ」

「リックさんも来てくれるんですか？　それは心強いです。ボク、依頼書があるか見てきますね」

ヒイロくんは駆け足で掲示板へと向かい、依頼書を手に取って、一瞬で俺達のところに戻ってきた。

Eランクの一角ラビットの討伐依頼を受けた俺達は、ズーリエの東門から外に出た。

「依頼書によると、ここから二キロ程離れた平原に、一角ラビットの集団がいるみたいです」

「場所がわかるのは助かるな」

ある程度近づけば探知スキルで把握(はあく)できるし。

「リックさんが来てくれて助かりました。一角ラビットをボクだけで狩れるかどうか少し不安だったので」

「今のヒイロくんなら大丈夫だと思うけど」

「でもそれはリックさんが身体を強化してくれたからで……」

確かにその影響は否定できない。もしかしてヒイロくんは強化されてない自分に不安を感じてるのか？　それなら自信をつけてもらうためにも、強化魔法を使わない方がいいかもしれない。

「今回俺はヒイロくんのサポートに徹(てっ)するよ」

「えっ？　どういうことですか？」

「魔物を逃がさないように協力はするけど、倒すのはヒイロくんだ。強化魔法も使わない」

「そ、それは……いえ、わかりました。いつまでもリックさんに頼ってばかりじゃダメですよね」

ヒイロくんの目に決意を感じる。どうやら小さな勇気に火がついたようだ。

「それにしても……仲がいいですね」

「そうだね」

俺達の後ろにいるノノちゃんとイリスちゃんの、楽しそうな声が聞こえてくる。

「ヒイロは思いやりがあって、いい子に育ってくれたわ」

「お兄ちゃんもすごく優しいよ。いつもノノのこと気にかけてくれて、今日も――」

そしてその会話の大半が俺とヒイロくんを褒める内容だから、口を挟むことができない。

元々相性がよかったのかもしれないけど、ナルキスの奴隷にされていたという共通点もあって、シンパシーのようなものを感じているのだろうか。

何にせよ、ノノちゃんに友達ができることはいいことだ。俺は妹の交友関係が上手くいっていることを嬉しく思う。

そして俺はヒイロくんと、ノノちゃんはイリスちゃんと会話しながら、一角ラビットのいる場所へと向かった。

「お兄ちゃん、あそこにラビットさんがいっぱいいるね。全部で十七匹いるよ」

突然ノノちゃんがポツリととんでもないことを口にする。

まだ一角ラビットのいる場所まで八百メートルはある。俺は探知スキルで視ているからわかるけど、自分の目ではまったく見えない。

「えっ？　ノノさん一角ラビットが見えるの？　ボクには影すら見えないです」

「ノノちゃんすご～い」

「えへへ」

どうやらノノちゃんはとても目がいいようだ。戦うことができれば冒険者になれるかもしれないな。

「一角ラビットは足が速い。ここは挟み撃ちにしようか」

「挟み撃ちですか？」

「うん。俺がヒイロくんの方に一角ラビットを追い込むよ。だから倒すのは任せた」

「わかりました」

「ノノちゃんとイリスちゃんは俺の後ろに」

二人は俺の指示に頷く。

さあ、ここからは狩りの時間だ。

俺達は一角ラビットを挟むように立つ。

一角ラビットまであと五十メートル。向こうはまだこちらに気づいている様子はない。

一角ラビットの主な攻撃は、額にある角による突撃だ。油断さえしなければ、今のヒイロくんが食らうことはないだろう。

俺は反対側にいるヒイロくんに対して手を上げる。

するとヒイロくんは、一角ラビットにゆっくりと接近していく。

だが途中で一角ラビットはヒイロくんの存在に気づいてしまい、右に左にと逃走し始める。

「お兄ちゃん、ラビットさんが」

「大丈夫。逃がすつもりはない」

どうせなら新しい魔法で阻止してみるか。

俺は左手に魔力を込めて、夜よりも暗い闇をイメージしながら創聖魔法を唱える。

「クラス４・闇霧創聖魔法（ダークミストジェネシス）」

すると黒い霧が、一角ラビットを取り囲むように広がり始めた。

そして俺は一部分だけ霧が広がっていない場所を作る。そこにはヒイロくんが待ち構えているのだ。

一寸先も見えない意味不明な黒い霧に飛び込むか、それとも人間がいる方に飛び込むか、どちらを選択するか想像に容易（たやす）かった。

一角ラビットは反転して、ヒイロくんの方へと向かう。

「やっぱりリックさんはすごいですね。後はボクに任せてください」

ヒイロくんは短剣を構え、一角ラビットを迎え撃つ。

探知スキルを使ってみると、ヒイロくんが次々と一角ラビットを仕留めている姿が視えた。

初めて見た時と比べて短剣の扱いが上手くなっているし、身体能力もかなり向上している。正直一角ラビットでは相手にならないな。

そして二分程経つと、全ての一角ラビットは地面に倒れており、黒い霧も晴れ、その場に立っているのはヒイロくんだけとなった。


「ヒイロくんすご～い」

「ヒイロ、本当に強くなったのね」

俺達はヒイロくんのもとへと駆け寄り、賛辞を送る。

「リックさんが一角ラビットを逃げないようにしてくれたからだよ」

「でも魔物を倒したのは君の実力だ。今のヒイロくんならDランクくらいの力はありそうだね」

「本当ですか！　リックさんにそう言ってもらえるとすごく嬉しいです」

ヒイロくんは無邪気な笑みを浮かべ、とても嬉しそうにしていた。

「私やノノちゃんが褒めるより、リックお兄さんに褒められる方が嬉しそうね」

「そ、そんなことないよ。二人に褒められて嬉しいよ」

「私達にはすごくがつかないの？　ヒイロはリックお兄さんがとても好きなのね」

「べ、別にいいでしょ。リックさんはボクの目標なんだから」

ヒイロくんの顔が真っ赤になってしまった。

どうやら姉に指摘されるのが恥ずかしいらしい。

「それより早く冒険者ギルドに依頼達成の報告をして、ダイスさんに一角ラビットの肉を届けようよ」

「そうだね。でも十七匹分もいらないよね。ダイスさんとヒイロくんの家、それとうちに一匹ずつもらって、残りは冒険者ギルドに買い取ってもらおうか」

「はい。それで大丈夫です」

一角ラビットを異空間にしまって、俺達は冒険者ギルドへと戻った。

そして十四匹分の一角ラビットは銀貨三枚になり、銀貨二枚をヒイロくんが、残り一枚を俺がもらうこととなった。

「今日は一緒に狩りをしていただき、ありがとうございました」

「また機会があったら一緒に依頼を受けよう」

「はい」

そして俺達は冒険者ギルドで別れることになったのだが。

「ヒイロくんイリスちゃん、ちょっと待って」

俺はあることを思いついたので二人を呼び止める。

「これをダイスさんと二人にあげるよ」

俺は異空間から二つの小瓶を取り出す。

「この中に入っている白いものってまさか……」

「これがあれば肉をおいしく食べられるよ。ダイスさんによろしく伝えておいて」

「ドルドランドの塩ですか！」

ルナさんの月の雫商会では、俺が創造した塩をドルドランドの塩という名で売っている。どうやらヒイロくんも聞いたことがあったようだ。

「えっ！　ドルドランドの塩!?」

イリスちゃんがヒイロくんを押し退けてこちらに近寄ってきた。

すごい反応だな。もしかしてイリスちゃんはドルドランドの塩が好きなのか？

「ありがとうございます！　すごく嬉しいです！　お塩は高価なのでうちでは使ったことがなくて……でもドルドランドのお塩はすごくおいしいと聞いていたので、一度使ってみたかったんです」

「そんなに喜んでくれるなら、俺も嬉しいよ」

「本当にありがとうございます」

イリスちゃんは何度も深々と頭を下げる。そしてヒイロくんと共にダイスさんの家へと向かっていった。

「さて、俺達も帰ろうか」

「うん」

こうして俺達も自宅へと帰った。夕食は一角ラビットの塩焼きだったのだが、家族からも好評で、俺達は幸せな気分で一日を終えることができたのであった。

第五章　予測不可能な再会

ヒイロくん達と一角ラビットを狩った翌日。

俺は平和な時を過ごしていた。

「お兄ちゃん早く早く～」

今日は長い髪をポニーテールにしたノノちゃんが、ズーリエの街の外に行ってみたいということだったので、東門から街を出て平原へと来ていた。

ノノちゃんは野うさぎを見つけ、追いかけて捕まえようと頑張っている。

いい天気だ。

探知スキルを使って辺りを確認したが、少なくとも一キロ圏内には強い魔物はいない。

今までのトラブルが嘘のように平和で、何だか眠くなってきたぞ。

俺は芝生の上に寝っ転がり、眠気に抗うことをやめて目を閉じる。そしてそのまま夢の世界へと旅立とうとしたが……

「ぐえっ！」

突然何かが胸の上に乗ってきたので、思わず声を上げ目を開ける。

「お兄ちゃん眠いの？　だったらノノも隣で寝ていい？」

俺はオッケーのサインとして左手を広げると、ノノちゃんは腕に頭を乗せてきた。

今度こそゆっくりと寝ていられるな。

そして俺は再び夢の世界へと旅立つ……ことはできなかった。

誰かが俺達の方へと近づいてきたからだ。

「リック様……ようやくお会いすることができました」

この声は……

慌てて目を開けると、そこには上から覗き込んでくるサーシャの姿があった。

「サ、サーシャ！」

何で帝国にいるはずのサーシャがジルク商業国にいるんだ！

だがこれは夢ではない。

金色の長く美しい髪をなびかせたサーシャが、確かに今俺の目の前にいる。

サーシャはハインツ率（ひき）いる勇者パーティーの一員で、公爵家の令嬢だから、そう簡単に他の国に行くことはできないはずなんだが。

「お兄ちゃん？」

ノノちゃんはサーシャに対して警戒心を露わにし、少し距離を取る。

過酷な貧民街で育ったノノちゃんは、初対面の人に対しては用心するよう身体が動いてしまうようだ。

「俺の古い知り合いだから大丈夫だよ」

「う、うん」

だがノノちゃんはまだサーシャには気を許していないのか、俺の背後に隠れてしまう。

「どうしてサーシャがここに？」

「リック様に会いに来ました……それが理由になりませんか？」

「俺もサーシャに会えて嬉しいよ」

ハインツに追放された時、サーシャは俺に勇者パーティーから抜けた方がいいと発言したけど、それは俺のことを考えての言葉だったのはわかっている。あのまま勇者パーティーにいたら、ずっとハインツ達にこき使われる人生だったからな。

それに誘いの洞窟で命を救ってもらったから、少なくとも俺に拒否感はない。

「その後ろにいる方がリック様の婚約者ですか？」

「えっ？　ノノがお兄ちゃんの婚約者！」

「お兄ちゃん？　リック様の妹？　けれどリック様には妹はいないはずです。家族構成を事細かに調査しましたけど……まさか隠し子？　いえ、そのようなはずは……では、やはり婚約者？　リック様の好みはこのような女性……」

「えへへ、ノノとお兄ちゃんはお似合いのカップルに見えるのかなあ」

サーシャは何やら一人でブツブツ言い始め、おしゃまなノノちゃんは婚約者という大人っぽい響きが嬉しいのか、身体をモジモジさせている。

「とりあえず家に来るか？」

自分の世界に浸っている二人を元の世界に戻そうと、俺は東門の方を指す。

「リック様の御実家ですか？　ぜひ伺わせてください」

「それじゃあ行こうか」

早速俺達はズーリエの街へと足を向けた。

「申し訳ありません。その前に少々お時間をいただいてもよろしいでしょうか？」

東門まで戻ると、サーシャは突然この場を離れどこかへ行ってしまった。

「サーシャはどうしたんだろう？」

おそらく、サーシャはこの国に来たことがない。だからズーリエの街の中に何があるかわかっていないはず。それなのに、建物の向こう側へと一人で行ってしまった。

「お兄ちゃん、詮索しちゃだめだよ。あのお姉ちゃんはお花をつみに行ったんだから」

「お花をつみに？　ああ、トイレに行ったのか」

「そんなでりかしーのないこと言ったら嫌われちゃうよ」

「ごめんごめん」

年下に怒られてしまった。ちなみに、前にノノちゃんの年齢を教えてもらったのだが、思っていたより年が上だった。

身長から考えると十歳くらいだと思っていたけど、実際は十三歳だった。おそらく貧民街で食事を満足に取れない生活だったため、年齢に見合った成長ができなかったのだろう。

「あっ？　お姉ちゃんが戻ってきた……よ……」

ノノちゃんはこちらに戻ってきたサーシャを見つけ、途中で言葉を失った。

トイレに行ったにしては早く戻ってきたサーシャに驚いたわけじゃない。ノノちゃんはサーシャの見た目が変わっていたことに驚いているのだ。

「お待たせしました。それではリック様の御実家に参りましょう」

「あ、ああ」

そして何事もなかったかのように、サーシャは俺の後をついてくる。

サーシャが何故そのようなことをするためにこの場を離れたのか、聞いてみたい気がする。けど、久しぶりに会ったということもあり、何となく聞きづらい。

「お姉ちゃん、その髪型どうしたの？」

しかし子供であり初対面のノノちゃんにとっては、聞きづらいことではなかったようだ。

「これは……その……」

サーシャは顔を赤くして、恥ずかしそうに左の人差し指でポニーテールの髪をクルクルと弄り出す。

「ノノとお揃いだね」

そう、ノノちゃんの指摘どおり、サーシャは金色の美しい髪をなびかせたセミロングの髪から、ポニーテールに変わっていたのだ。

「ノ、ノノちゃんの髪型が可愛かったから、お姉ちゃんも真似してみたの。似合っていませんか？」

「ううん、お姉ちゃんに似合っているよ。まるでどこかのお姫様みたい。ねっ？　お兄ちゃん」

また答えづらい質問をノノちゃんがしてくる。だけど女性は褒められたら嬉しいものだと母さんも言っていたしな。その教えに従って、俺は素直な気持ちを口にした。

「そうだね。サーシャの髪を結んでいる姿なんて子供の時以来だな。あの時も可愛かったけど今も似合っていて可愛いと思うよ」

「……私の子供の頃の髪型なんて覚えていたのですね」

「覚えているに決まっているじゃないか。サーシャは俺にとって大切な人だからな」

幼い頃から色々相談に乗ってくれたし、勇者パーティーにいた時に何とかやっていけたのはサーシャがいたからだ。母さん以外でここまで俺に親身になってくれた人は、帝国ではいなかった。

「そうですか。ありがとうございます」

けっこう照れくさいことを言ってしまったが、サーシャは特に表情を変えることはなかった。

昔からサーシャは感情を露わにすることは滅多になかったから、俺が褒めたところで表情を変えることはないだろう。けどさっきノノちゃんにポニーテールを指摘されて照れていたよな？　俺の言葉には心が動かないってこと？

「それより早くリック様の御実家を見てみたいです」

その言葉に俺が頷いて歩き出すと、サーシャは三歩後ろから俺の後をついてきた。

だがこの時俺は気づいていなかった。後ろからついてきているサーシャの顔が真っ赤になっていたことに。


「ただいま～」

俺はノノちゃんとサーシャを連れて自宅へと戻った。

「あら？　リックちゃん早いわね。今日はノノちゃんとお出かけするんじゃなかったの？」

「ちょっと昔の知り合いに会ったから戻ってきた」

「リックちゃんのお友達？　挨拶したいわ」

自宅に帰ると母さんがいて、俺の昔の知り合いが気になるのか興味津々の様子だった。そういえば母さんとサーシャってまだ一度も会ったことなかったな。

「俺が勇者パーティーにいた時の仲間でサーシャ。サーシャは公爵家の令嬢でもあるんだ」

俺の後ろにいたサーシャは前に出ると、優雅にスカートの両端を持って母さんに挨拶をする……ことにはならなかった。

何故ならサーシャは前に出た時につまずいてしまったからだ。

前のめりに倒れそうになったが、何とか母さんが受け止めることに成功した。

「し、失礼しました！」

サーシャは思わぬ展開に焦ってしまったようで、慌てて母さんから離れる。

「わ、私はサーシャと申します。リック様にはお世話になっています！」

そしてサーシャは深々と頭を下げるがそれがよくなかった。

ガンッ！

サーシャは頭を下げすぎたせいで、テーブルに額を強く打ってしまった。そのまま後ろに倒れそうになったところを、何とか俺が支える。

「大丈夫か！」

俺はサーシャに声をかけたが返事はなく気絶していた。予想もつかない出来事に、その場にいた全員が絶句する。

な、何だこのポンコツは。普段のサーシャからは想像できない行動で、俺は何と言葉を発すればいいのかわからなかった。

可憐(かれん)で優雅なサーシャはどこに行ってしまったのだろうか？　そういえば出会ったばかりの時もよくつまずいていたような。でもそれは子供の頃の話だ。まさかこのサーシャは偽物？　いや、子供の頃の髪型の話を知っていたし、間違いなく目の前にいるのは本物のサーシャだろう。

「リ、リックちゃんこの娘(こ)大丈夫？」

「サーシャお姉ちゃん、テーブルに思いっきり頭をぶつけてたよ」

ここは回復魔法(ヒール)をかけた方がよさそうだな。

俺が右手に魔力を込めて回復魔法(ヒール)を唱えようとした瞬間、支えていたサーシャが突然ガバッと身を起こした。

「お、お義母様(かあさま)申し訳ありません！　お見苦しいところをお見せしました！」

頭をぶつけて気絶したせいか、サーシャが母さんのことをお母様と呼んでいる。

普段冷静なサーシャがこんなに取り乱すなんて、余程頭の打ちどころが悪かったのだろうか。

「お義母様？」

「す、すみません間違えてしまいました！」

「ふふ……いいのよ。色々察したから」

察した？　母さんは今のサーシャの行動で何を察したというんだ。俺にはまったく理解できなかったぞ。

「サーシャさん、緊張するなという方が無理かもしれないけど、気軽に接してくれると嬉しいわ」

「は、はい……」

「リックちゃんから、あなたにはとてもよくしてもらったって聞いているから。いつか会いたいと思っていたのよ」

「私もリック様のお義母様にお会いしたいと思っていました」

「何だかサーシャさんとは仲よくなれそうだわ」

「私も仲よくしていただけたら嬉しいです」

そして二人は何か通じ合うものがあったのか、がっちりと握手を交わす。

さ、さすが母さんだ。何を察したのかわからないけどいつもの冷静なサーシャに戻ったぞ。

「サーシャさん……ううん、サーシャちゃん。お昼食べた？　ご馳走するわよ」

「ありがとうございます。私もお手伝いいたしますね」

「ノノもお手伝いする～」

そして三人は仲よさそうにキッチンへと向かい、俺だけがこの場に取り残された。

「さあ召し上がれ」

母さんの手によって、野菜や肉を使ったシチューがテーブルに運ばれてきた。

「サーシャちゃんすごく料理の手際がよかったのよ」

「恐縮です」

「きっといいお嫁さんになれると思うわ」

「ノノは？　ノノも頑張ったよ」

「ノノちゃんも素敵なお嫁さんになれるわよ」

「本当？　嬉しい～」

まるで昔からの知り合いのように仲よくなっているな。何か盛り上がる共通の話題でもあったのだろうか？

「このニンジン、ノノが切ったんだよ。お兄ちゃん食べて食べて～」

俺はノノちゃんの言葉に従って、まずはニンジンから口に入れる。

「うん。とってもおいしいよ」

少し不格好ではあるけど、ニンジンはやわらかく味が染み込んでおり、口に入れるとシチューの味が広がる。

「本当？　ノノ、お兄ちゃんにおいしいって言ってもらうために愛情をいっぱい込めたんだよ」

可愛い妹が作った料理が食べられるなんて俺は幸せ者だ。帝国では絶対に得ることができなかったものだな。

「ノノさんは可愛らしい方ですね」

俺の隣に座ったサーシャが語りかけてくる。

「そうだな」

「お義母様にお聞きしました。ノノさんを引き取ったそうですね」

「縁あってな。どうしても見捨てることができなかったんだ」

同じ異世界転生者だからな。たとえ前にいた世界が違ったところで、同情する気持ちは変わらない。それにもう異世界転生者とか関係なく、俺はノノちゃんに情が移ってしまっている。

「それと婚約者ではなかったのですね」

「ははっ、俺に婚約者はいないよ」

かつてエミリアという婚約者はいたけど、もうとっくに婚約は破棄されてるしな。

「それはよかったです」

よかった？　俺に婚約者がいないことで、何かサーシャの得になることがあるのだろうか？

「それよりどうしてここに来たんだ？」

俺は疑問に思っていたことを、改めてサーシャに問いかけてみる。

「リック様に会いに来ました」

俺に会いに来たっていうのは嘘じゃないかもしれないけど、公爵令嬢であるサーシャが他国に来るなんて……何か他にも理由があるはずだ。

「それと……リック様にお伝えしたいことが……」

そしてサーシャは真剣な顔をして、ポツリポツリと語り出した。

「リック様……後日リック様のもとに帝国より使者が参ります」

「帝国より使者？」

何だか悪い予感しかしないな。今さら帝国が俺に何の用だ。デイド？　ハインツ？　身に覚えがありすぎる。

「はい。リック様はジルク商業国のスパイではないかという容疑をかけられています」

それは俺にとって、とても看過できる問題ではない。

「スパイ容疑？　俺が？」

「リックちゃんはスパイなんてしていないわよ」

「ええ、私もそう思っています。ですがハインツ皇子とデイドさんが玉座の間にて、リック様がスパイだと声を上げたのです」

二人とも俺に執着しているとは思っていたけど、まさかそんな濡れ衣を着せてくるなんてな。こうなるとあのまま帝国にいなくてよかったと改めて思う。もし帝国にいたままだったら、ハインツが皇族としての権限を使い、問答無用で牢屋に入れられていた可能性が高い。

「そして真相を確かめるため、諜報部隊の者をリック様のもとへ送ったのですが……スパイの可能性ありと判断されました」

「どうして！　そんなのおかしいわよ」

母さんの言うとおり、俺はジルク商業国のスパイじゃない。つい数週間前に初めてズーリエに来たばかりなのに、何故そのような容疑が。

ハインツが何か手を回したのかと勘繰ってしまうが……

「まさか、塩か……」

「そのとおりです。リック様が、帝国にはないようなおいしい塩をジルク商業国で販売したことから、ジルク商業国のスパイではないかという結論に至ってしまいました」

迂闊だったな。ルナさんを助けるために塩を創造したことが、こんな事態に繋がるとは。普通の塩ならとやかく言われることはないが、明らかにこの世界のものとは違う塩をジルク商業国だけで売っていたら、おかしいと思われても仕方ないかもしれない。

「ただ皇帝陛下はスパイ容疑の件より、リック様の強さの方に興味を示している様子でした。そしてスパイ容疑の件を確認すると共に、皇帝陛下はリック様と戦うことを望んでおられます」

「皇帝陛下と戦う⁉　勇者パーティーの中でお荷物だった俺が？」

「玉座の間で、リック様が有能な補助魔法使いだということは報告が上がっています。それとクイーンフォルミを一人で倒したことも」

「そんなことまで帝国は調べていたのか！」

クイーンフォルミを倒したのはつい最近のことだぞ。

普通なら、この十数日で皇帝陛下のもとにクイーンフォルミの件が耳に入ることはないし、サーシャがこの場に来ることは不可能だ。もしかしたらクイーンフォルミやアーミーフォルミの討伐に向かった冒険者の中に、帝国の諜報部隊の者がいたのかもしれない。

「リック様もご存じかもしれませんが、皇帝陛下は強さを求めています。彼は一騎当千の武人と呼ばれているため、絶対に戦ってはいけません」

サーシャは真剣な目で訴えてくる。

「皇帝陛下はそんなに強いのか？」

「強いです。ザガト王国の兵士千人をたった一人で、しかも傷一つ負わず倒したことは伝説になっており、王国の人々は皇帝陛下のお名前を聞くだけで恐怖を抱くとか。私も一度だけ、帝国の闘技場で皇帝陛下の戦いを見たことがありますが……」

サーシャはそこで言葉を切る。

そしてその時のことを思い出したのか、顔を真っ青にして震え始めた。

「圧倒的でした。力、スピード、剣技は人の領域を超えていて、何より魔法を、相手の魔法を、剣を一振りするだけで無効化していました」

「魔法を無効化……だと……」

そんなの無敵じゃないか。剣の腕は超一流、それなのに魔法が効かないなんて、皇帝陛下は話どおり最強の武人のようだ。だが、そんな最強の武人である皇帝陛下と戦いたいという人はけっこういるらしい。その中には自分の力を試したいという人もいるが、多くは皇帝陛下と戦って勝てば願いを叶えてくれるという破格の報酬が目的だ。だがその戦いは生死を問わないので、命懸けの死合となる。

「もしリック様が帝国に行けば、スパイであろうがなかろうが殺されることは目に見えています。ですからここは一時凌ぎかもしれませんが、姿を隠すことを私はおすすめします」

確かに帝国からの使者はまだ俺のところに来ていないため、このまま姿をくらませば戦うという話はなくなるだろう。それに使者に会い、帝国に行くことを拒否すれば、次は俺を引き渡すようルナさんやラフィーネさん達に圧力をかけてくるかもしれない。

ここはサーシャの言うとおり、この街を離れた方がいいな。

「サーシャ、ありがとう。サーシャがここに来たのは俺を助けるためだったんだな」

「違います。私はリック様に会いに来ただけですよ」

「まあそういうことにしておくか」

サーシャはあまり人に恩を売るようなことはしないから、認めたがらないだろう。今度お礼に何かプレゼントでもしようかな。

「でも、よく帝国を出ることができたな」

「自分で言うのもなんですが、どこかの公爵令嬢と違って私は日頃の行いがいいですから。お父様から皇帝陛下へお話ししていただいたら、すぐに許可を得ることができました」

「そ、そうなんだ」

どこかの公爵令嬢とはエミリアのことだな。サーシャは基本波風を立てるようなことはしない娘だが、何故かエミリアとは仲が悪いんだよな。

「と、とにかくリック様は早くここを離れた方がいいです」

「お兄ちゃんどこかに行っちゃうの？」

「リックちゃん……」

ノノちゃんと母さんが泣きそうな顔を向けてくる。

二人ともわかっているんだ。

ここに残ることで、俺が色々な人に迷惑をかけてしまうことを。

「わかっ……」

俺はサーシャに肯定の言葉を口にしようとするが、その時突然頭の中に声が聞こえてきた。

（聞こえている？　リックくん大変よ！　ルナさんが！）

俺は突然耳に入ってきた声に驚いたが、すぐにこの声が交信の腕輪から聞こえてくるものだと気づいた。

「リック様？　どうされましたか？」

「静かに」

今は俺がどうなるかより、ラフィーネさんの声に耳を傾けたい。ルナさんが大変だという言葉は無視できない。

（聞いているものだと思って話させてもらうわね。リックくんも私の声が届いたら返事をしてくれると助かるわ）

このメッセージはいつ送られたものなのか。こんな時に携帯電話があれば、即座に情報を聞くことができるのにと考えてしまう。

（ルナさんが、タージェリアの街に滞在している時に捕らえられてしまったの）

「ルナさんが捕まった！」

俺はラフィーネさんの言葉に思わず声を上げてしまう。

「えっ？　ルナお姉ちゃんが捕まっちゃったの！」

「ああ、どうやらそうらしい」

ノノちゃんと母さんは俺の言葉に驚き、サーシャは何か緊迫した状態だと悟ったのか、黙ってこちらを見ている。

ルナさんを捕らえるなんて、どこの誰がそんなことを。一番に考えられるのは盗賊だが……もしかして、街の代表選挙でルナさんに負けたウェールズ派の残党がいて、ルナさんが街を離れるのを狙っていたのか？　あの男なら復讐しようとしていてもおかしくない。

とにかく急いでタージェリアの街へ、ルナさんを助けに行かないと。俺の探知スキルならある程度近づけば、ルナさんの居場所を特定することができる。

頭の中でいくつものパターンを想定していた俺に、ラフィーネさんがさらに言葉を続ける。

（リックくん、あなたのことだからルナさんをすぐにでも助けに行こうと考えているかもしれないけど、少し待って）

待て？　今の俺なら多少人数がいたところで、ルナさんを救い出せるはずだ。申し訳ないがラフィーネさんの制止を聞き入れることはできない。

（私も交信の腕輪で聞いただけだからハッキリとしたことは言えないけど、ルナさんを捕縛した相手の人数は百では済まないみたいなの）

百人以上はいるってことなのか？　百人以上もいる盗賊なんて聞いたことないし、ウェールズ派の残党がルナさんへの恨みを晴らすために、そんなに人を雇うとは考えられない。それ程の大人数で人を捕まえるなんて、いったいどこの誰がそんなことを。

（軽く千人は超えていたそうよ）

千人！　それはもうただの集団じゃない！　まるで軍隊じゃないか！

（ルナさんの話ではその大部隊が掲げていた旗は、ザガト王国のものだったらしいの）

ザガト王国!?　そんな大部隊がジルク商業国に入ってきたということはもしかして……

（ザガト王国がジルク商業国に侵攻してきたのよ）

最悪だ。何故ザガト王国がジルク商業国に……まさかラフィーネさん達が倒した魔王化の魔物が関係しているのか？　いや、まだそう決めつけるのは早い。魔物を手懐けるなんて普通はできないことだからな。

（タージェリアは戦うことなく陥落してしまったそうよ。そして街の有力者や、たまたまその場にいたルナさんは捕縛された。彼らは現在周辺地域を占領してるようだから、いずれズーリエにも侵攻してくる可能性が高いでしょうね）

確か、ザガト王国とジルク商業国は同盟国ではないけど、友好関係にあったはずだ。俺が知らないだけで、二国の間に戦争をする原因があったのかもしれないけど、それにしたって急すぎる。宣戦布告もしていなかっただろうに。いや、宣戦布告なんて俺が前にいた世界の考え方だ。本当に戦いに勝つためなら、相手に準備をする時間を与えず一気に攻め滅ぼした方がいい。

(私は急いで他の州の代表と連絡を取って私設兵団をそっちに送るから、くれぐれも無茶はしないで)

それは状況にもよる。だがこのまま待っているだけでいいのか？　俺にできることはないのか？

(それともう一つ。これはルナさんが兵隊を見て感じたことみたいだけど……ザガト王国は誰かを捜(さが)しているようだったと言っていたわ。それが今回の侵攻と関係があるかわからないけど、リックくんの耳には入れておいた方がいいと思って)

ザガト王国は誰かを捜している？　確かに気になる情報ではあるけど、それだけで侵攻してくるかな？

だけど無関係というには情報が足りなすぎる。一応頭に入れておくとしよう。

(それじゃあこのメッセージを聞いたら必ず連絡をしてね。私の方も何か新しい情報が入ったら伝えるから)

こうしてラフィーネさんからの通信は終わった。

俺はすぐに交信の腕輪を使って、自分の考えをラフィーネさんへと送る。

そしてラフィーネさんへメッセージを送り終えた時。

「お兄ちゃん、ルナお姉ちゃんは大丈夫なの？」

「タージェリアっていう街で、ザガト王国の兵隊に捕まっているみたいだ」

「ザガト王国って、まさかジルク商業国に侵攻してきたの？」

母さんの顔色がみるみるうちに悪くなる。

「そうみたいだ。それで今州の代表であるラフィーネさんが――」

俺はラフィーネさんから聞いた内容を全て母さん達に伝えた。

「母さんはハリスさんにこのことを伝えてきてくれないか」

「わかったわ。それでリックちゃんはどうするの？」

「俺は急いで行かなくちゃならないところがあるから」

サーシャが困惑した表情で俺を見る。

「それは、どういうことでしょうか？」

俺は先程ラフィーネさんに送ったメッセージの内容を三人に話し、急いでズーリエの街を後にした。

第六章　闇に堕(お)ちた勇者

ラフィーネさんと最初に交信してから五日経った。

それまでの間、ラフィーネさんとは何度も連絡を取っていた。ラフィーネさんによると、ジルク商業国の兵達は間もなくタージェリアに到着するらしい。

そして二日前に、ラフィーネさんからルナさんとの交信が途絶えたことを伝えられた。

ルナさんと連絡がつかない原因は三つ考えられる。

一つは、ルナさんが身につけている交信の腕輪が外されてしまった。二つ目は交信の腕輪が故障してしまった。そして一番考えたくないのは、ルナさんが既に殺されている可能性だ。

すぐにルナさんのところに駆けつけたい気持ちがあったけど、俺は自分ができることを優先した。

だけど頭ではわかっていても、心はついていかない。

ルナさんのもとへ行くことより、別のことを優先してしまって本当によかったのか。

ラフィーネさんから連絡をもらった時、すぐにルナさんを助けに行くべきだったんじゃないか？

この五日間何度も自問自答をした。特にルナさんからの連絡が途絶えたとラフィーネさんから告げられた時は、後悔の念が一気に押し寄せてきて、俺の選択は間違っていたんじゃないかと何度も考えた。

だけど、今はもう前に進むしかない。

タージェリアの近くに到着すると、そこは戦場と化していた。

ラフィーネさんは千五百人の兵を送ったと言っていたが、俺の探知スキルで視る限り、ザガト王国の兵は倍近くいるようだ。

数が半分しかいないため戦いは劣勢。だけどこんな時にこそ俺の補助魔法が役に立つ。兵達の能力を上げれば数の劣勢を覆せるはずだ。

それに俺は五日前の俺とは違う。今なら兵の百や二百来ても苦戦せずに倒す自信がある。何故なら……

（リックくん、聞こえる？）

突然頭の中にラフィーネさんの声が聞こえてきた。この五日の間、何度もラフィーネさんとは交信していたから、頭の中に声が響いても俺は驚くことはなくなった。

（今タージェリアの近くにいて、ラフィーネさんのいる位置から東に五百メートル程の場所にいます）

俺はラフィーネさんにメッセージを送る。一分くらい経つと、ラフィーネさんから返事が来た。

（二十分程前にザガト王国がこちらに攻めてきたの。戦いが始まってしまったわ）

なるほど。五百メートル程の距離だと、およそ一分のタイムラグで話が伝わるのか。そうなると五千メートルだと十分くらいかな？　いや距離が離れれば離れる程伝わる時間も延びる可能性があるから、これは検証が必要だ。

（斥候部隊からの話だと、やはりザガト王国は誰かを捜している様子とのことよ。どうやら私達の存在が邪魔になったから攻撃してきたみたい）

（でもそのおかげでタージェリアの方は手薄になっているから、俺はルナさん達を助けに行きます）

（ごめんなさいね。危険な役をお願いしちゃって）

（大丈夫です。任せてください）

（それとあの話は本当なの？）

（ええ、ですからラフィーネさん達は、犠牲を出さないことを優先でお願いします）

（ありがとう。あなたは本当に私達の救世主ね）

（それは全てが上手くいってから言ってください）

（そうね。その時は精一杯のお礼をさせてもらうわ）

ここでラフィーネさんとの交信は切れる。ちなみにラフィーネさんと話をしている間も、俺は探知スキルを使って兵隊がいない場所を走り、タージェリアへと向かっていた。

ラフィーネさん達の部隊に気を取られているのだろう、兵隊の人数が少ない。というかほとんどいなくないか？

ザガト王国は街を占領するつもりがないように見える。こうなるとラフィーネさんが言っていた、誰かを捜しているという話は間違いなさそうだな。

だが俺には関係ないことだ。とにかく今はルナさん達を助けることができればそれでいい。

「クラス２・旋風創聖魔法、クラス２・剛力創聖魔法」

俺は自分に強化魔法をかけて、タージェリアを囲っている三メートル程の壁をジャンプで越える。

そして探知スキルを使いながら街の中心へと向かうが、周囲には誰の姿もなかった。だけど家の中に住民達はいるようだ。

ザガト王国軍は略奪行為を行っていないようで、少し安心した。

戦争で苦しむのはいつの時代でも一般市民だからな。

あとはルナさんを見つけることができれば……いた！

ちょうど街の中心部にズーリエと同じような役所の建物があった。そしてルナさんと十名程の人達が縄で縛られている様子が視えた。

監視の兵隊は十五名程しかいない。隙をついて一気に倒せばルナさん達を人質に取られることなく、救うことができそうだ。

俺はルナさんが生きていることに思わず安堵の笑みを浮かべた。だが次の瞬間、後方から俺を追ってきている者の姿が視えて顔を引き締める。

「くっ！　このタイミングでお前が来るのか！」

どうやっているのかわからないけど、追跡者は迷わず俺の後を追ってきている。

このまま街中で戦闘をして騒ぎを起こすと、ルナさん達を逃がすのが困難になってしまうかもしれない。

俺は進路をルナさん達が捕らえられている街の中心部から西に変更し、一度街から出る。

そして誰もいない荒野で振り返ると、とうとう追跡者は俺の前に姿を現した。

「ようやく会えたな……リック！」

その男は顔を歪ませ、俺を殺す気だということが一目でわかる程の憎しみを目にたたえていた。

明らかな憎悪を放つ相手は剣を抜き、こちらに切っ先を向けてくる。

俺の手助けをするために来たのかもという甘い考えも僅かにあったが、この様子だとその可能性はなさそうだ。

「行方不明になったと聞いていたけど、こんなところで何をしているんだ……ハインツ」

そう。この場に現れたのはかつての勇者パーティーでの仲間、ハインツだった。

俺が聞いた話だと、皇帝陛下に勇者としての資格を剥奪され、いつの間にか姿を消していたということだったが。

「俺がここに来た理由くらいわかるだろ？」

勇者の称号を失う原因となった俺を始末しに来たんだろうけど、それは自業自得だ。確かに俺は勇者パーティーからわざと抜けようと画策したが、最終決定をしたのはハインツだ。

勇者パーティーとして名声を得て、グランドダイン帝国の皇帝の座を手に入れようとしていたみたいだが、残念ながらその目論見は見事に崩れ去ったな。それで自暴自棄になり、こんなことを……

「今は少し忙しいから後にしてくれないか？」

「リックごときが俺の言うことを無視するつもりなのか！　勇者パーティーにいた時のように、お前は俺に従ってればいいんだ！」

「やれやれ、いつの話をしているんだ？　お前はもう勇者じゃないんだぞ。それに貴族や皇族が帝国を勝手に抜け出したら、重い罪になることを知らないわけじゃないだろ？」

あの皇帝の性格上、息子だからと言って死罪は免れないだろうな。まあ後継ぎには第一皇子がいるし、厄介事ばかり起こすハインツがいなくても、何ら問題はないと考えそうだけど。

「クックック……貴様こそ、いつの話をしている。俺はとうに帝国を捨てた」

「帝国を捨てた⁉」

にわかには信じられない話だ。あれ程権力に執着していたハインツが、自らその地位を捨てるなんて。

「俺を認めない国など必要ない。むしろ帝国など俺の手で滅ぼしてやるつもりだ」

「帝国を滅ぼす？　まさかハインツ……」

「そうだ。俺はザガト王国についたんだよ」

帝国の皇子が他国につくなんて前代未聞（ぜんだいみもん）だ。

だがよくザガト王国もハインツを受け入れたな。いや、確かザガト王国にはハインツの姉が嫁（とつ）いでいたはず。もしかしたらその伝手（つて）を使ったのかもしれない。

だがそれにしても、ザガト王国が重罪人のハインツを受け入れるということは、帝国との関係を悪化させることになる。ザガト王国には帝国に勝つための何かがあるというのか？

「それならお前を遠慮なく斬ることができる。さっきも言ったけど、俺は今忙しいんだ」

俺はカゼナギの剣を異空間から取り出すと同時に、ハインツの背後へと回る。

今の俺はクラス２・旋風創聖魔法（フウァールウインドジェネシス）とクラス２・剛力創聖魔法（クラフトジェネシス）で身体を強化している状態だから、ハインツは俺の動きについてこられないだろう。

それに勇者パーティーにいた時と比べて、俺のレベルはかなり上がっている。ハインツに苦戦する理由がない。

今はルナさん達を早く助けに行きたいから、ハインツに構っている暇はないのだ。せめてもの情けで、苦しませずに一瞬で決着をつけてやろう。

俺はがら空きになっているハインツの首を狙って、剣を横に振る。

ハインツ……お前には恨みしかない。その自分勝手な振る舞いでどれだけの人が迷惑を被(こうむ)ったか……地獄に堕ちて現世の行いを後悔しろ。

力強く振るった剣はハインツの首を切断し一瞬で戦いが終わる……はずだった。しかし俺の放った剣は、ハインツの剣によって防がれてしまう。

「嘘だろ!?」

俺は驚きの声を上げると共に、バックステップでハインツから離れる。

何で俺の剣がハインツに止められた？　いや、仮に止められたとしても、俺とハインツのステータスには大きな差がある。ハインツの剣ごと叩き斬ることが可能なはずだ。だけど今俺の剣がハインツの剣と交差した時、俺はまったく剣を押し込むことができなかった。

「どうした？　信じられないって顔をしているな。自分のおかげで勇者になれた奴に、剣が止められるはずがないとでも考えているのか？」

「何をした」

「俺はお前を殺すために、地位も名誉も国さえも捨てた」

その執念は立派だが、ハインツは何故それを善い方向に向けられなかったのだろうか。

「そして捨てたのはそれだけじゃない」

そう言った途端、ハインツの身体から黒いオーラのようなものが噴き出し、身体に纏わりついた。

「何だそれは……何かの魔法？　それともスキルか？」

そういえば、何故ハインツは真っ直ぐに俺を追ってくることができたのか。勇者パーティーにいた時にはそんな芸当はできなかったはずだ。

何か新たな能力を身につけたと考え、俺は急いでハインツに対して鑑定スキルを使う。

その瞬間、さっきのハインツの言葉の意味がわかった。

どんな方法を使ったのかわからないが、ハインツが捨てたもの……それは人としてのハインツ自身だった。

名前：ハインツ（魔王化）
性別：男
種族：魔物
レベル：62／200

称号：元皇族・元勇者・魔王の祝福
力：１８２１
素早さ：８４１
防御力：１５６２
魔力：５６２
ＨＰ：１２３１
ＭＰ：２３１
スキル：力強化Ｃ・スピード強化Ｃ・魔力強化Ｄ・剣技Ｃ・五感強化・ダークネスブレイク
魔法：なし

こんなに高いステータスを視るのは二人目だな。

何より見過ごせないのは、ハインツの名前の下にある魔王化という文字だ。

ハインツはザガト王国についたと言っていた。これでジルク商業国の国境付近で起きていた、魔物の魔王化現象の犯人は、ザガト王国の可能性が一段と高くなった。

「ハインツ……魔王化とはどういうことだ」

能力が高いことより、まずは一番の謎である魔王化についての説明がほしい。人間が魔物になるなんて聞いたことがない。どんな方法を使ったのかわからないけど、ハインツの口から聞けるなら聞いてみたい。

「俺が魔王化していることによく気がついたな。やはりお前は何か能力を隠していたというわけか」

「さあな。それよりその力はいったい……」

「わかるか？　この身体から溢れる力が。リックはクイーンフォルミを一撃で倒したそうだが、今の俺には到底敵うまい」

「そんなことも知っていたのか」

「それだけではない。その時のお前がどの程度の実力だったのかも把握している」

まさか鑑定か、もしくは似たようなスキルで、俺の能力を視たとでもいうのか？

いや、俺と似たスキルを持っていたら、俺のステータスの称号や魔法に反応しないのはおかしい。違う方法で情報を手に入れたと見るべきだ。

「ようやくお前をこの手で始末することができる。だがこの積年の願いを簡単に叶えてくれるなよ。少しは楽しませてくれ」

ハインツは手に持った剣を縦に横にと無造作に振るってくるが、それは俺と同じ速く力強いだけの剣だった。俺はカゼナギの剣でハインツの攻撃を的確に受け止める。

「ほう……思ったよりやるじゃないか。そうでなくては面白くない」

圧倒的な力を持ったせいなのか、以前のハインツとは違い、余裕というか風格が漂っている。

これが魔王化したハインツの力。能力だけではなく性質まで変えてしまったというのか。

「ではもう少しスピードを上げていくとしよう」

言葉どおりハインツの剣速が上がっていく。もう既に常人に見切れるものではないため、少し前の俺ならこのハインツの剣で切り刻まれていてもおかしくはない。だが俺は先程と同じようにその剣を食らうことはなかった。

「クックック……これが俺の荷物持ちをしていたリックとはな。あの頃の俺には想像できないことだ」

「そのセリフ、そっくりそのまま返させてもらう。お山の大将をやっていた頃とは違って今はずいぶん冷静じゃないか」

「貴様が強いことがある意味救いだ。簡単に終わってしまったら、人をやめた意味がなくなってしまうからな」

この落ち着きよう、以前のハインツからは想像できない。勇者パーティーにいた頃のハインツは、傲慢で生まれ持った地位や才能に胡座をかき、正直人として隙だらけな人物だった。

だが今のハインツはどうだ。確固たる強さを手に入れたからか、それとも魔王化することで人格が変わってしまったのかわからないけど、強者としての存在感を受ける。

お前は一生傲岸不遜に生きていればよかったのに、厄介な感じに成長してくれたものだ。

「どこまでついてこられるか見物だな」

ハインツの剣の速度がさらに速くなっていくが、俺の目にはその剣筋がはっきり見えていた。

しかしハインツの顔には笑みが浮かんでおり、自分の剣を防がれていることを気にも留めていないようだ。

「スキルか強化魔法か知らないが、俺の攻撃を防ぐとはな。だがお前も忘れてはいないだろ？　俺の必殺技を」

ハインツの必殺技……それは大気中にあるマナを剣に集め、魔の者を滅する技だ。

勇者としての道を歩んでいれば、魔王化した魔物達に対して絶大な威力を発揮していただろう。

だが先程鑑定で視た結果、スキル欄にマナブレイクはなく、代わりにダークネスブレイクという技が追加されていた。

これは以前の必殺技とは反対に、光ある者を滅する技なのだろうか。

俺は光の女神であるアルテナ様の祝福を受けている。

もし想像どおりの技なら、このダークネスブレイクを食らったら俺はただでは済まない。

そしてこの時、さらに最悪な情報が頭の中に入ってきた。

（リックくん、ごめんなさい！　部隊が分断されてしまって持ちこたえられそうにないの。今ルナさん達を助けても退路を確保することができないわ）

交信の腕輪から頭の中に響いてくる声を聞き、俺は探知スキルを使う。すると分断されたラフィーネさんの部隊が、タージェリアの街の南西方向に追い込まれているのが視えた。ザガト王国の兵は約五百人、それに対してラフィーネさんの部隊は百人弱程しかいない。

このままだとルナさん達を助けるどころか、ジルク商業国のトップとも言えるラフィーネさんが捕らえられてしまう可能性がある。それはジルク商業国にとって絶対に避けなければならない事態だ。

ラフィーネさんの部隊は今、ここから五百メートル程のところにいる。この場を一度離れて助けに行くべきか。

だがハインツが俺を見逃すとは思えない。

「闇の女神よ……大気にさまよう暗黒の魂を集約し、我に力を貸せ」

ハインツが言葉を発すると、剣が深い闇に染まり始めた。見ているだけでその力が強大なものだということを感じる。

どうする？

ラフィーネさん達を助けに行きたいが、ハインツまで連れていくわけにはいかない。それにまずはこのダークネスブレイクを何とかしないと俺の命が危うい。
俺は……いや、俺達は絶体絶命のピンチに追い込まれてしまった。
――その瞬間、探知スキルに新たな反応があった。
俺は口角を上げ、ラフィーネさんにメッセージを送る。
(ラフィーネさん、あと数分の辛抱です。最強の援軍が到着しました)

第七章　歴戦の勇者との戦い

時は遡り三日前、グランドダイン帝国の首都シュバルツバインにて。

俺はラフィーネさんからルナさんが捕らえられたと連絡を受けた後、帝国へと向かっていた。一日目はクラス2・旋風創聖魔法を使ってひたすら走り、二日目は馬車に乗って休みながらシュバルツバインを目指した。

何をしに帝国に向かったかだって？　それはもちろん皇帝陛下であるエグゼルトに会うためだ。

皇帝陛下のもとに行けば俺はスパイ容疑で尋問され、下手をすれば処刑なんてことも考えられる。だけど皇帝陛下はクイーンフォルミを倒した俺と戦いたがっていた。そして、その勝負に勝てば全てが解決する可能性がある。俺に選択の余地はなかった。

目的地であるシュバルツバインに到着し、俺は馬車を降りてその足で城へと向かう。

「止まれ！　ここはエグゼルト皇帝陛下がいらっしゃる、シュバルツバイン城だぞ！」

城の前に到着すると、手に槍を持った門番に怒鳴られる。

少し威圧的だが、不審者が城門近くにいたんだ。すぐに警戒して声をかけるのは当たり前のことだ。よく訓練されている。

「俺はリックという者で、皇帝陛下に呼ばれて来ました。公爵家からの書状も持っています」

そして俺はサーシャが一筆したためてくれた手紙を門番へと渡す。

「こ、これは！　確かに公爵家の紋章ですね。すぐに確認いたしますので、少々お待ちいただけないでしょうか」

「わかりました。ただ、なるべく早くお願いします」

門番の一人が駆け足で城の中へと向かう。

さすがは公爵家の紋章が入った手紙だ。門番の態度が百八十度変わったぞ。

実はここに来るまでに、帝国とジルク商業国の国境でも同じようなやり取りがあった。

俺は既に帝国貴族としての身分を失いジルク商業国の平民になったが、国境の兵に公爵家の手紙を見せたら、すぐに入国することができた。

サーシャのおかげで余計な足止めをされずに済んで、本当に助かった。

「し、失礼しました！　玉座の間で皇帝陛下がお待ちです。私がご案内いたします」

門番の人は本当に急いでくれたようで、息を切らして戻ってきた。

そして俺は城の中へと案内され、長い廊下を一歩ずつ進んでいく。

いよいよか。

皇帝陛下は子爵家の次男ごときが謁見できる相手ではないので、俺も会うのは初めてだ。

世間では一代で帝国を築き上げた武力の持ち主と言われているが、実際はどんな人物なのか。

どれだけの強者かわからないが、俺は願いを叶えるために皇帝陛下に勝たなくちゃならない。

身体が震えてくる。武者震いだと言いたいところだけど、この長い廊下の先から放たれているプレッシャーのせいだ。

姿が見えないうちから恐れを感じるなんて、どれだけの力を持っているのか考えるだけで頭がおかしくなりそうだ。

この時の俺は、皇帝陛下からの圧力に集中していて、廊下の曲がり角で待っていた人物にまるで気づかなかった。

「リック！」

突然聞こえてきた声にハッとなり顔を上げると、そこには腕を組んで不機嫌そうに立っているエミリアの姿があった。

「エ、エミリア……」

まさかこの場所で、このタイミングでエミリアに会うなんて思いもしなかった。これは夢ではないかと、俺は目を擦ってもう一度確認してしまう。

「夢じゃないわよ。玉座の間に行く前でよかったわ。でもその前に……よくも他国に逃げてくれたわね」

「いや、逃げたわけじゃ……それに俺は貴族じゃなくなったから、もうエミリア様とは身分の差が……」

元々公爵と子爵という格差はあったけど、公爵と平民だと普通なら話すことも許されない。ちなみに、サーシャからはどんな時も対等に話してほしいと出会った頃に言われたから、平民になっても普通に話している。

「そんなこと関係ないわ。それと私のことはエミリアって呼びなさい。もし次にまた様付けで呼んだりしたら許さないから」

「わかったよ……エミリア」

エミリアは基本一度言ったことを曲げないから、いつだって俺が先に折れるしかなかった。

「よろしい。それより早く城から出るわよ。リックは知らないだろうけど、あなたはこのままだと皇帝陛下と戦うことになって殺されるわ」

「サーシャに全て聞いたからわかっているよ。でも俺は行かなく……」

「ちょっと待ちなさい！　今あなた何て言ったの？」

「え～と……でも俺は行かなくちゃ」

「違うわ！　その前よ！」

急にエミリアが取り乱し始めた。何か気になることでもあったのだろうか？

「サーシャに全て聞いたから……」

「サ、サーシャですって！　何でそこでサーシャの名前が出てくるのよ！」

「わざわざジルク商業国まで来て、今回の件を教えてくれたんだ」

「あの女狐……本当は私がリックのもとに行きたかったのに抜け駆けしたわね」

何やらエミリアは小さな声でブツブツ言っているが、怒っているということだけはわかった。

「とにかく私についてきなさい。これは命令よ」

そう言ってエミリアは俺の手を引いて城の外に連れ出そうとするが、俺はその手を振り払う。

「リ、リック？」

エミリアは俺が逆らったことに、信じられないといった表情をする。

前の世界の記憶が戻るまで、俺はエミリアの言うことに全て従ってきた。

だから俺に手を振り払われたことに現実感がないのだろう。

「今回はエミリアの言うことに従えない。それに皇帝陛下に逆らったらエミリアの立場も悪くなるだろ？」

エミリアは顔を真っ赤にしていた。ますます怒らせてしまったかな。

だけど今はエミリアに構っている暇はない。

俺はエミリアに背を向けて、門番の兵の後に続き玉座の間へと向かった。

リックがまた私の言うことを聞いてくれなかった。

何かがおかしい。リックは婚約していた頃、私の命令に従わなかったことは一度もなかったのに。

婚約破棄の話をした時ももっと私に泣きついてくると思っていたけど、リックは私から離れていった。

今のリックを見て改めて思った。僅かだけど以前と雰囲気が違うように感じる。

これはたぶんリックをずっと見てきた私だけが気づける些細な変化。きっとあの女狐サーシャにはわからないと思うわ。

リックが私に逆らったことは腹が立つけど、その時に感じたゾクッとした感覚は何なの？　この感覚は婚約破棄の時にも感じたものだったわ。

でも嫌なものじゃなかった。それとリックの姿を見た時に改めて決めたことがある。

私は絶対にリックを手に入れるわ。

リック程私の気持ちを駆り立てる存在はないから。

それにしてもあの女狐サーシャが、まさかリックのもとに行っているとは思わなかったわ。

きっと私とリックが婚約破棄したところを狙って、ジルク商業国へ向かったに違いないわね。

昔からの知り合いだからわかる……絶対にあの女はリックを手に入れるために動いたのよ。

あの女は昔から陰険で根暗なくせに、周りの人達から好かれていて……同い年の公爵令嬢ということで私はいつも比べられたわ。

ここでまた私の前に立ち塞がるというの？

絶対にリックをサーシャに取られるわけにはいかない。リックまで取られたら私は……

とにかくこのまま呆けている場合じゃないわ。今は行動しないと。

私はリックの背中を追って玉座の間へ向かった。

二人の兵士が重厚な扉を開けると、だだっ広い部屋の先にある玉座に誰かが座っていた。
あれが皇帝エグゼルトか。
中年の男性だがその眼光は鋭く、並みの人間なら睨(にら)まれただけで意識を失ってもおかしくない程だった。

そして廊下から感じていたプレッシャーはさらに大きくなっていて、俺に対して友好的でないことが話をしなくてもわかる。

俺は近づきたくない気持ちを抑え、一歩一歩前へと進む。

「ほう……」

皇帝陛下は何故かこちらに向かって声を上げ、笑みを見せたような気がした。

今の俺は皇帝陛下の一挙一動が気になって仕方ない。

皇帝陛下の一声で突然兵士がこの部屋になだれ込んできて、弁明の余地なくスパイ容疑で捕らえられるなんてことはないよな？

まあ念のために、玉座の間に入る前から探知スキルを使って周囲を確認しているから、それはないということはわかっているけど。

それにしてもこの部屋は人がいないな。

いるのは玉座の間の前にいた兵士二人と、皇帝陛下の横に立っている男性一人だけだ。

一国の王が護衛の兵士もつけずにいるなんて、もし俺が命を狙う賊だったらどうするんだと一瞬考えたが、この皇帝にはそんなものは必要ないだろう。

サーシャの話ではザガト王国の千人の兵と戦って、かすり傷も負わず一人で倒したらしいからな。

俺は玉座の間を進み、皇帝陛下の前に膝をつく。

「皇帝陛下の命により、このリック参上いたしました」

「余がプレッシャーをかける中、よくぞ前に進むことができたな」

確かに普通の人間なら逃げ出してもおかしくない圧を感じたけど、こっちもそれなりに修羅場を潜っているからな。

「リックよ。何故この場に呼ばれたかは、サーシャに聞いてわかっているのだろう？」

「そ、それは……」

俺は言葉に詰まってしまう。公爵令嬢のサーシャが帝国を出られたことは、最初からおかしいと感じていた。だけどまさか俺のところに行くと知っていて出国するのを許可したというのか。

「もし逃げ出すならそれまでの男だと考え、戦う価値もないと思っていたが、まさかこの場に来るとはな」

俺はこの時の皇帝陛下の言葉に違和感を覚えた。スパイ容疑をかけられ、皇帝陛下と戦えと強要されれば、大抵の者は逃げ出すことを選択するはず。現に俺も最初は姿を隠そうとしていた。もしかして皇帝陛下は俺のことを……

「だが余の前に現れたということは、決闘をする気があるということか」

「皇帝陛下、まずはスパイ容疑について問い質しましょう」

「宰相よ、そのようなことは戦えばわかる」

横にいる宰相からの進言に対して、皇帝陛下は男と男のケンカ的なことを言い出す。

だがこれがただのケンカならいいが、命が懸かっている決闘だからたちが悪い。

「リックよ、余についてくるがいい」

「お待ちください」

「何だ」

「陛下と戦って勝利を収めることができれば、願いを叶えていただけると聞きました。この決闘にもそのルールは適用されると考えてもよろしいでしょうか？」

自らの武力に自信を持っている皇帝陛下なら大丈夫だと思うけど、後で言った言ってないの話になると困るので、ここはハッキリさせておきたい。

「もちろんだ。その約束を反故にすることはない」

「承知しました。必ず陛下に勝ってみせます」

「全力でかかってくるがよい」

こうして約束を取りつけた俺は、玉座の間を出た皇帝陛下の後に続いて、城内にある闘技場へと向かった。

俺は闘技場へ向かう道を、皇帝陛下と宰相の後についていく。すると背後からエミリアが尾行してきているのが視えた。

エミリアは何で俺達の後をついてきているんだ？

エミリアは昔から突拍子もないことを言ったり行動したりするから考えが読めない。

とにかく今は決闘の邪魔さえしなければいい。

まあ皇帝陛下もいるから、おかしな行動をすることはないとは思うけど……

そして数分歩くと、広々とした屋根のない闘技場に到着する。その大きさは五十メートル四方はあり、闘技場の周囲には観客席まであった。

城の中にこんな広い闘技場を作るなんて、皇帝陛下は本当に戦うことが好きなんだな。

「観客席には一部を除いて強力な結界が張られているから安心しろ。思う存分力を見せるがいい」

「わかりました」

思う存分戦いたいのはあなただろ？　と突っ込みたいところだが、この国の最高権力者にそんなこと言えるわけがない。

皇帝陛下は観客席から闘技場へと降りていく。だが、戦いが始まる前にやることがある。

「クラス２・旋風創聖魔法（フウァールウインドジェネシス）とクラス２・剛力創聖魔法（クラフトジェネシス）」

皇帝陛下との決闘が始まってからだと強化魔法をかける暇がないため、事前に創聖魔法を使い、力とスピードを上げておく。

「それが噂の強化魔法か。だが、それは補助魔法ではないな」

「それはどうでしょうね。少なくともこれから対戦する相手に教えることはできません」

「違いないな」

あっさりと補助魔法ではないことがばれたけど、これが女神からもらった創聖魔法だと気づくことはないと思う。

正直な話、手の内を知られたくない。だけど皇帝陛下との決闘を創聖魔法なしで戦い抜くことは不可能だ。それならあえて見せることで、こちらに得体の知れない力があると警戒してくればいい。

そして俺はさらにもう一つ、鑑定のスキルを皇帝陛下に使う。

本当は玉座の間で初めて会った時にスキルを使おうと思っていた。しかし、その時に鑑定結果を視てしまったら、皇帝陛下の能力の高さに恐怖がぶり返して、逃げ出してしまう可能性があった。

そのため、自分を追い込むために使用しなかったのだ。

鑑定結果を視るのが怖い。

鑑定スキルを使ってこんな気持ちになるのは初めてだ。

世間やサーシャから仕入れた情報、初めて会った時に感じたプレッシャーから、皇帝陛下はハインツのようにハリボテの強さではなく、間違いなく本物の強者であることがわかる。

だけどこれから戦う皇帝陛下の情報を確認しないと、勝てる可能性が低くなってしまう。
俺は意を決して鑑定結果を視た。

名前：エグゼルト・フォン・グランドダイン
性別：男
種族：人間
レベル：162／200
称号：グランドダイン帝国皇帝・元勇者・武王・剣王・勇猛果敢・不撓不屈・一騎当千・国士無双
力：2021
素早さ：1002
防御力：1214
魔力：1211
HP：1632
MP：721
スキル：力強化A・スピード強化A・魔力強化C・剣技A・槍技A・弓技A・格闘技A・大剣

Ａ・双剣Ａ・棒術Ａ・投擲・起死回生・剛剣
魔法：精霊魔法6

こ、これは……化物か！

称号はどこかの漫画で見たことがあるようなものばかりだし、スキルはほとんどＡだ。さらにステータスも高く、俺が勝っているのは魔力くらいしかない。

しかも元勇者なのか。ハインツと親子二代で勇者なんて、皇帝陛下の一族は相当優れた血筋のようだ。まあ息子の方は才能に胡座をかいたどうしようもない奴だけどな。

これからこの化物と戦わなくちゃならないなんて、気が滅入ってしまう。まさかここまで能力が高いとは思わなかった。

けど、皇帝陛下と戦う準備はしてきた。

だから後は決闘で勝つだけだ。

俺は闘技場に降り立ち、皇帝陛下――エグゼルトと向き合う。

太陽の光が降り注ぐ中、観客は宰相とエミリアしかいない。こちらとしては創聖魔法を大勢に見られなくて済むから助かるな。

「さあ始めよう」

エグゼルトが大剣を取り出し構えたため、俺も異空間からカゼナギの剣を取り出す。すると二メートルを超える大剣の切っ先がこちらに向けられる。

あの剣で斬られたら、胴体など簡単に二つに分かれてしまいそうだ。

エグゼルトの力は常人とは比べものにならないため、剣で受け止めるだけでも大変だということが容易に想像できる。

このことを予測していたわけじゃないけど、ドワーフのドワクさんからカゼナギの剣をもらっておいてよかった。並みの剣なら受けた瞬間に折れて身体ごと真っ二つにされてしまうところだった。

「それでは僭越ながら私が開始の合図を出させていただきます。リック殿は一人でよろしいのですか？」

宰相が安全な観客席から声をかけてくる。

ん？　複数人で戦ってもいいってことか？　だけど中途半端な実力の持ち主だと、エグゼルトに一瞬でやられてしまう。それに、俺のために命懸けで戦ってくれる人などいないだろうな。

まあ一応エグゼルトと戦える人物を一人知っているけど……

「大丈夫です」

この戦いは絶対に負けられない。この決闘には俺の命だけではなく、多くの人達の運命がかかっているんだ。

エグゼルトの強力な攻撃を受け続ける自信はない。そのためここは先手必勝で一気に勝負をつける。それにエグゼルトと距離を取って戦うと危険だからな。

俺は足に力を入れて宰相の開始の合図を待つ。

「それでは始めてください」

そして宰相の掛け声と共に、俺はエグゼルトとの距離を詰める。

「はあっ！」

俺は声を上げ、気合いを入れながらカゼナギの剣を上段から振り下ろす。

「甘い！」

俺の攻撃はあっさり大剣で防がれてしまった。

それならばと、そのまま大剣ごとエグゼルトを叩き斬るつもりで力を入れる。

「ほう……余とここまで力勝負ができる者など久しくいなかったぞ」

くそっ！　こっちは全力でやっているのにびくともしない。

エグゼルトの力は強化された俺より上ということか。

「光栄ですね。できればこのまま押し潰されてくれると助かるのですが」

「それはできぬ相談だ」

ですよね。

力は向こうが上、ならば今度はスピードで勝負だ！

俺は一度バックステップで下がり、すぐにまたエグゼルトに向かって突撃をかける。

「速い！」

宰相が思わずといった顔で叫んだ。

俺はエグゼルトに向かって縦横斜めとあらゆる方向から剣を繰り出し攻撃をしかける。

あのような大きな剣で、この速さの剣を受け止めるのは不可能だろう。このままずっと俺のターンでエグゼルトを圧倒してみせる。

「確かに常人を超えた速さだ」

しかし俺の思惑は外れ、エグゼルトは涼しい顔で大剣を使って的確にこちらの攻撃を防いでくる。

ちくしょう！　大剣スキルAは伊達じゃないな。

「だがそれだけだ。力に技術が伴っていない。まるで新しいおもちゃを手に入れてはしゃいでいる子供のようだ」

痛いところをついてくる。確かに俺は創聖魔法を手に入れたばかりで、強化された力が強大すぎて自分の身体を上手く使いこなせていない。剣技のスキルもBでエグゼルトより劣っている。

実はエグゼルトと対等に戦うため、創聖魔法で剣技をBからAに変えようとしたけど、上手くいかなかった。

予想はしていたが、まさかエグゼルトがこれ程の力を持っているとは。

こっちは創聖魔法で強化した状態で、力やスピードが何倍にもなっているんだぞ。

それで互角以上に戦われるなんて笑えない冗談だ。

「はっ！」

余計なことを考えて攻撃していたためか剣をかわされ、エグゼルトの蹴りが飛んでくる。

しまった！　これはかわせない！

「ぐはっ！」

俺はエグゼルトの前蹴りを腹部にくらい、後方に吹き飛ばされる。

「くっ！　まさか蹴りを食らっただけでこのダメージなんて」

おかげで胃の中のものが逆流してしまいそうだ。だけどあのスキルがなかったらみぞおちに食らって、一発で勝負がついていたかもしれない。

それにしてもまさかただの蹴りで、二十メートルも吹っ飛ばされるとは思わなかった。力が２０００超えは見せかけじゃない。いくら急所を外したとはいえ、この蹴りをあと二、三発受けたら意識を持ってかれるぞ。

だけど今はエグゼルトと距離を取ってしまったということが問題だ。

「リック気をつけなさい！　来るわよ！」

観客席からエミリアの叫び声が聞こえる。

エミリアもこの後エグゼルトが何をしてくるかわかっているんだ。

俺は急いで立ち上がり、カゼナギの剣を構える。

エグゼルトは一歩も動かずその場で大剣を大きく振り下ろす。すると、ゴーッという音と共にこちらに風の衝撃波が迫ってきた。

これがエグゼルトがかすり傷一つ負わずに、ザガト王国の兵士千人を倒した秘密だ。

エグゼルトは大剣を全力で振るうことによって、風を起こすことができる。ちなみに、先程鑑定で視た時にはスキル欄に風を生み出すようなものはなかった。つまり驚くべきことに、これはスキルではない。力技で行っているのか大剣Ａのスキルで行っているのか、その両方なのかわからないけど、とんでもないことだ。

何故俺がこんなことを知っているのかというと、サーシャから聞いたからだ。

この衝撃波は透明なので目に見えないが、その威力から地面も少し削られる。もし避けるなら下を見るようにと言われた。しかしこの衝撃波の速さ、範囲の広さ、簡単にかわせるものじゃない。

そのため俺は避けることを諦め、向かってくる衝撃波に対してカゼナギの剣を振り下ろした。

するとエグゼルトが放った衝撃波は消失し、その余波のせいか周囲に風が巻き起こる。

そして数秒経った後、俺は風が消えた闘技場で剣を構え立っていた。

「リック！　大丈夫なの！」

「ああ、心配するな」

エミリアの声が背後から聞こえてきたので答える。

ふう……何とか上手くいったな。

ドワクさんにもらったカゼナギの剣は、魔力を込めれば風を操ることができる。

だけどまだあまり慣れていないから、大雑把なことはともかく、細かい風の操作は難しいんだよな。

「何をした？」

「そんなこと、答える義務はありませんね」

小悪党ならここでべらべら喋ってしまうかもしれないが、少しでも手の内を隠したいので俺は誤魔化す。

「ならばまた見せてもらうだけだ！」

エグゼルトは先程と同じように大剣を振り下ろし、こちらに向かって風の衝撃波を放ってくる。

「さあ、どう対処する」

このままだと衝撃波を食らってしまうが、俺はカゼナギの剣に魔力を込める。

「放て烈風！」

すると、カゼナギの剣からエグゼルトが放った衝撃波と同じような風が巻き起こる。そして俺を目掛けてきた衝撃波と衝突して両者の風は消失した。

「ほう……特別な剣を持っているようだな」

さすがは歴戦の勇者であるエグゼルトだ。カゼナギの剣の力が速攻でばれた。

「では、これは防ぐことができるか？」

何をするつもりだ？

エグゼルトの行動を注視していると、エグゼルトはまた風の衝撃波を放ってきた。

「放て烈風！」

俺は先程と同じように、カゼナギの剣を使ってエグゼルトの衝撃波を防ぐ。

これで終わりか？　いや、実戦経験の豊富なエグゼルトが、策もなく同じ攻撃をしてくるとは思えない。

俺はこの後にも何か来ると考え、エグゼルトに視線を送る。するとエグゼルトは数秒後に再度風の衝撃波をこちらに飛ばしてきた。

甘い。残念ながら、こっちもエグゼルトと同様に風の衝撃波を連続して出すことができるんだ。

俺はエグゼルトが放ってきた衝撃波を、カゼナギの剣の力を使って撃ち落としていく。

だがエグゼルトは風の衝撃波を俺に防がれても止まらず、その場で次々と大剣を振り下ろし、俺に遠距離攻撃をしかけてくる。

くそっ！　いつになったらこの嵐のような攻撃は止むんだ。地面が衝撃波で抉(えぐ)れてきているぞ。

こっちはクラス２・風盾(ウインドシールド)創聖魔法程(ジェネシス)ではないが、カゼナギの剣を使うことでＭＰを消費しているんだ。あんたみたいにただ剣を振り回せば風が起こるわけじゃないんだぞ。

このままだとこっちがジリ貧で消耗(しょうもう)していくだけだ。何か手を打たないと。

しかしこちらの焦燥(しょうそう)を嘲笑(あざわら)うように、突如風の衝撃波が止んだ。

「よし、今のうちに体勢を……」

俺が言い切る前に、エグゼルトはこちらに接近してきた。

あの大剣を一度でも食らえば決着がついてしまう。なるべくならエグゼルトの攻撃に対して受けに回りたくない。

しかし既にエグゼルトは上段で斬り込んできていて、俺は回避するか受け止めるか選択しなくてはならなかった。

「くうっ！」

俺はエグゼルトが振り下ろした大剣をカゼナギの剣で受け止める。激しい金属音が鳴り響いた。

お、重い。

だけど表情に出したらつけ込まれるので、平然としていなくちゃダメだ。

エグゼルトが大きな大剣を自在に振り回してこちらに攻撃をしてくるのを、俺は目と反応速度でかわし、剣で受け止める。エグゼルトは続けて大剣で猛攻をしかけてくるが、俺の目には動きが見えているし、身体は反応できている。

「バカな。ここまで的確に余の攻撃を防ぐとは」

エグゼルトは目の前の出来事が信じられないのか、驚いたような声を上げた。

何とかなったな。

エグゼルトの大剣を使った攻撃は目にも留まらぬスピードだ。大抵の者は一撃で斬り捨てられて終わるか、仮に剣や盾で受け止めたとしても、そのパワーで防御ごと粉砕されてしまう。

接近戦の大剣攻撃に関しては、今持っている俺の力では対処法が思い浮かばなかった。

エグゼルトの大剣を一時的にクラス2・風盾（ウインドシールド）創聖魔法（ジェネシス）で防いでも仕方ないし、何か方法はないのかと考え、そして思い付いたのが動体視力強化（どうたいしりょくきょうか）と反射神経強化（はんしゃしんけいきょうか）だ。

そのためにズーリエからシュバルツバインへ向かう時、一日目は動体視力強化のスキルを創り、創聖魔法でスピードを上げて走った。そして二日目は反射神経強化のスキルを創造し、馬車を使って休みながら帝都に向かうことにしたのだ。本来なら急いで帝都に向かうなら、二日目も強化魔法で走っていく方が速い。だけど俺は二日目に関しては創聖魔法でスキルを生み出し、ＭＰの回復に専念するために馬車を使うことを選択した。

おかげで今俺は新しいスキルを手に入れ、エグゼルトと戦うことができている。

「だがどこまでこの大剣を凌ぐことができるかな」

対策は立てたが、エグゼルトの速く重い攻撃は続く。

「まだまだスピードは上がるぞ！」

エグゼルトは最初こそ俺が大剣を受け止めたことに驚いていたが、次第にその顔に笑みを浮かべるようになっていた。

この人、自分の攻撃が防がれているのに笑っているなんて、とんだ戦闘ジャンキーだな。

それにしてもエグゼルトの攻撃は重すぎる。

エグゼルトの大剣を基本かわすようにしているが、いくら動体視力と反射神経を強化しても、避けることができない攻撃は受け止める必要がある。あまりの威力に手が痛くてしょうがない。

このままだといずれエグゼルトの大剣によって、カゼナギの剣が吹き飛ばされてしまう。

俺は一度この攻撃の嵐から逃(のが)れようと、エグゼルトの大剣をかわした後、近距離でカゼナギの剣を振り下ろし、風の衝撃波を放った。

「せいっ！」

エグゼルトが気合いを入れて大剣を振るうと、衝撃波は簡単に霧散(むさん)してしまう。だがエグゼルトが衝撃波を防いでいる間に、俺はバックステップで距離を取ることに成功した。

「今がチャンスだ」

スキルを創ってから二十四時間経っている。今なら新たな魔法が創れるはず。

イメージするのは、全てを燃やし尽くす炎の嵐。

俺は剣を持っていない左手に魔力を込めて、新しい魔法を解き放った。

「クラス５・炎嵐創聖魔法(ファイアストームジェネシス)！」

俺の手から放たれた青い炎の嵐が、エグゼルトに向かっていく。

参考にしたのは中級の精霊魔法だが、炎の色は創聖魔法によって青に変化し、範囲も威力も数倍のものへと生まれ変わっていた。

縦横十メートル程の炎の嵐をよける術(すべ)などない。いくらエグゼルトでも、この近距離で魔法を食らわせれば、倒すまではいかずとも、ダメージを与えられるはずだ。

「その程度の炎で余を倒そうなど、片腹痛いわ！」

だがエグゼルトが上段から力強く大剣を振ると、俺の炎の嵐は簡単に消失してしまった。

「バカな！　俺の魔法が消されてしまうなんて……」

「これがそなたの奥の手か。それならば、これ以上生かしておく必要はないな」

大剣の一振りで魔法を消してしまうなんて反則だろ！

俺は未(いま)だにエグゼルトに対して、傷一つつけることができていない。

ザガト王国の兵士の中には、魔法を使う者も大勢いただろう。だけどエグゼルトは千人もの人間を無傷で倒してしまった。やはり魔法を無効化した秘密は、この大剣によって起こされる風だったか。

だけど、その程度の炎だと？　それはこっちのセリフだ。

その程度の炎を防いでくれないと、こっちも全力の魔法を放てないじゃないか。

今のエグゼルトは俺の切り札を防いだと思い、油断しているはずだ。

ならばこの後、特大の炎の嵐をプレゼントしてやろう。

俺は先程と同じように、左手に魔力を込める。

「また魔法か……先程より強大な魔法でないと余を倒すことはできんぞ」

さっきの魔法だって一般の人から見たら十分強大な魔法だ。

まあいい、そんなに強力な魔法がお望みならくれてやる！

俺は左手に込められた魔力をエグゼルトに向かって解き放つ。

「クラス５・炎嵐(ファイアストーム)創聖(ジェネシス)魔法！」

青い炎の嵐がエグゼルトに向かっていく。

「同じ魔法とは、余も舐(な)められたものだな」

エグゼルトは先程と同じように大剣を上段に構える。

このままだとクラス５・炎嵐創聖魔法は、エグゼルトの大剣が起こす風によってまた霧散させられてしまう。

だが俺の攻撃はまだ終わらない。

「何故同じ魔法を放ったと思う？　舐めているのはそっちの方だ！」

魔法を放った後、俺は瞬時に右手に持ったカゼナギの剣に魔力を込める。

「放て烈風！」

そして俺はカゼナギの剣を使って、青い炎の嵐に向かって風を放った。

すると風を受けた青い炎の嵐は、ものすごい速さでエグゼルトへと向かっていく。

さらに、魔法の相乗効果により、青い炎は先程の倍の大きさとなってエグゼルトへ襲いかかった。

「これでどうだ！」

俺は今度こそエグゼルトにダメージを与えることができると思い、声を上げた。

さすがにこの炎の嵐は、今までのように風の衝撃波を使って防ぐのは難しいだろう。

後は同じようにクラス５・炎嵐創聖魔法と風の力を組み合わせた攻撃を繰り返せば勝てるはず。

これもサーシャがエグゼルトの情報を事前に教えてくれたおかげだ。

攻守に使われる大剣の風、接近戦による攻撃速度、これらに対処するためのスキルと魔法を予め準備できたことは大きい。

やはりいつの時代でも情報を制する者が戦いを制するんだ。

そして俺は追撃するために再び左手に魔力を込める。

このまま連続で魔法を撃ち込めば俺の勝ちだ。

この時の俺は勝利を確信していた……だがその甘い考えは直後崩れ去ることになる。

「面白い！　だがまだ慢心（まんしん）するのは早いのではないか」

エグゼルトは絶体絶命のピンチだというのに笑っていた。

この状況を打開する方法があるというのか！

いや、ハッタリだ。いくらエグゼルトでもこの炎の嵐を防ぐ方法などあるはずがない。

とにかく俺はこのまま魔力を溜（た）めて、再度クラス5・炎嵐創聖魔法（ファイアストームジェネシス）を放つだけだ。

しかしこの時俺の脳裏に、一つだけ調べることができなかったことが過（よぎ）る。

それはエグゼルトの精霊魔法だ。

サーシャの話ではしばらくエグゼルトは魔法を使っていないということだったが……

その懸念は現実のものになった。

エグゼルトは両手で握っていた大剣を右手だけで持ち直す。

まさか片手で大剣を振るって俺の炎の嵐を防ぐつもりか？　しかし片手で剣を振るより両手で振る方が威力が高いのは明白だ。

何をするつもりなのか……エグゼルトの考えがまったく読めない。

「クラス6・風剣魔法(ウインドソード)」

エグゼルトは左手を大剣の刃(やいば)に添えると、声高(こわだか)に魔法を唱える。

風剣魔法(ウインドソード)？　聞いたことのない魔法だ。おそらく精霊魔法の一つだと思うが、エグゼルトの魔力は俺より数段下だ。クラス6だからといって、俺の炎の嵐を防げるわけがない。

エグゼルトが魔法を唱えた後、大剣の刃が黄緑色に輝き始める。

まさか風の力を大剣に宿したというのか！

いや、だからといって、どうにかなるものではないだろう。

俺が左手に溜めた魔力を解き放とうとした瞬間――

エグゼルトが黄緑色に光る大剣を一振りすると、ゴーッと耳が痛くなる程の音が周囲に鳴り響き、炎の嵐は簡単に霧散してしまった。

「えっ？」

俺は一瞬で炎の嵐を消されたことが信じられなくて、思わずまぬけな声を出した。左手に集めていた魔力も消失してしまう。

「う、嘘だろ……」

まさか俺の魔法とカゼナギの剣の合わせ技が破られるなんて……

エグゼルトの魔法は風の力を剣に宿し、衝撃波と共に撃ち出すことによって威力が上がるという仕組みだったようだ。

だけど今は呆けている場合じゃない。

もしさっきの風で攻撃されたら、少なくともカゼナギの剣で防ぐことはできなそうだ。

俺は瞬時に接近戦で戦うことを決断し、エグゼルトに近づく。

「はあっ！」

俺は突進しながら、エグゼルトに向かって剣を横一閃になぎ払う。

だが俺の剣は簡単に大剣で防がれてしまった。

「くそっ！　くそっ！」

続けて右に左にと連続で斬りつけるが、大剣によっていなされる。

「切り札が破られたというのに、立ち直りが早いではないか」

「あのまま突っ立っていたらこちらの負けが確定してしまいますからね」

「どうやらそれなりの修羅場は潜っているようだな」

エグゼルトの上から目線の言葉が俺に降りかかる。

遠距離攻撃は効かない、近距離攻撃も相手の方が上。この一戦のために用意してきた策はほとんど通用しなかった。

対するエグゼルトは、こちらが見る限りまだ余裕がありそうだ。

このまま剣で攻撃しても、エグゼルトに一太刀浴びせる自信はない。それならば……

俺は意識を集中して、上段からエグゼルトの左肩を狙って剣を振り下ろす。だがこれまでと同様に大剣で防がれてしまった。そしてエグゼルトの大剣が迫ってきたので、攻撃をかわすために後方へと下がる。

「どうした！　貴様の力はその程度なのか！」

エグゼルトはこれまでと同じく煽るような言葉を放つ……だが！

「そのセリフ、左肩の傷を見てから言ってもらってもいいですか？」

俺はうっすらと赤い血がにじんでいる場所を指摘する。

「バ、バカな！　皇帝陛下が傷を負うなど信じられん」

「ふ、ふん！　まぐれじゃないの？　少し傷をつけたからって調子に乗らないでよね！」

観客席から驚きの言葉といい気になるなという声が上がる。

「フッ……血を見るのは久しいな」

エグゼルトは自分の左肩を見て、嬉しそうに笑みを浮かべた。

何で傷をつけられて笑っているんだよ！　実はマゾなんじゃないかと疑いたくなってきた。

「だが種がわからん。もう一度見せてもらおうか」

「ではお言葉に甘えさせてもらいます」

俺はエグゼルトに向かって斬りかかる。

剣は簡単に止められてしまうが、俺は続けて攻撃を繰り返す。

どうやらエグゼルトは、俺の技の正体を見破りたいのか受けに回ってくれているようだ。

これならもう一度エグゼルトを斬ることができそうだな。

俺は集中しながらカゼナギの剣に魔力を込め、細く鋭い真空の刃をイメージする。そして剣を横に振ると同時に真空の刃を飛ばすと、今度はエグゼルトの左腕を斬りつけることに成功した。

「くっ！」

真空の刃は先程より深く皮膚(ひふ)を斬り裂いたようで、初めてエグゼルトから苦悶(くもん)の声が漏(も)れる。

よし！　真空の刃はエグゼルトに通用するぞ。

だが風をただぶっ放すこととは違って、真空の刃を作り出すのは難しく、落ち着いた状況でないと失敗してしまいそうだ。とてもエグゼルトの攻撃を防ぎながらできることではない。

「どうやらその剣の力を使って、風の刃で攻撃しているようだな」

「さあ、何のことですかね」

俺はエグゼルトの的(まと)を射(い)た言葉に対してしらばっくれる。

「それとその技は、特定の条件下でないと使用することができないと見た」

まさかたった二回使っただけで真空の刃のことがバレるとは。エグゼルトは力や剣の腕だけではなく、観察眼も一流のようだ。

真空の刃の弱点を見破ったエグゼルトは、こちらに向かって大剣を振り回してきた。

俺は大剣をカゼナギの剣を使って受け止める。

くっ！　やはり重い。少しでも気を抜けば腕を持っていかれそうだ。

「うおぉぉぉっ！」

エグゼルトは声を上げると、カゼナギの剣ごと俺の身体をなぎ払った。俺はそのまま後方に吹き飛ばされてしまう。

「これで終わりだ」

エグゼルトはそう宣言すると、再び大剣を振り、こちらに向かって風の衝撃波を放ってきた。

通常の風の衝撃波？

エグゼルトの遠距離攻撃は風剣魔法（ウインドソード）を使ったものではなく、大剣を振り下ろしただけのものだった。

「これならカゼナギの剣で防げる！」

俺はカゼナギの剣を使って衝撃波を起こして迎撃する。

だがエグゼルトは続けて大剣を振り、風の衝撃波で攻撃してきた。

どういうことだ？　カゼナギの剣で風を起こさせて、俺のＭＰを消費させようっていう魂胆なのか？

エグゼルトは俺に攻撃を防がれているのに、バカの一つ覚えのように風の衝撃波を繰り出してくる。

おかしい。何故通常の風の衝撃波だけを……

相手は百戦錬磨の元勇者だ。きっとこの行動にも何か意味があるはず。

俺のＭＰは少しずつ減ってはいるけどまだまだ十分な余力はある。そして何より、エグゼルトの風の衝撃波によるダメージを俺は負っていない。

何が狙いなのか読みあぐねていると、突如エグゼルトの攻撃に変化が生じる。

エグゼルトは大剣を両手から右手に持ち替えた。

むっ！　ここで風剣魔法と大剣の合わせ技か。

ならばこちらもカゼナギの剣とクラス５・炎嵐創聖魔法で迎撃するだけだ。

だけどこの後エグゼルトが放ってきた魔法は、予想外のものだった。

「クラス４・水津波魔法」

「ここで水魔法!?」

これがエグゼルトの考えていた策なのか！

エグゼルトの左手から放たれた水の波がこちらを襲ってくる。

しかしエグゼルトの水津波魔法（ウォーターウェイブ）の水量は予想より少なく、一メートル程の高さしかない。身体強化された俺を押し流すには威力が弱すぎだ。

俺がその場で堪えていると、水は周囲に広がり、膝下二十センチ程度の高さまでの水量が辺りに残った。

このままでは水に足を取られ満足に動けなくなってしまう。

この水のフィールドを作るのがエグゼルトの狙いだったのか？

だけど水に足を取られているのは向こうも同じだ。

俺はこれからエグゼルトがどう攻めてくるのかを探るため視線を向けた。

その瞬間、俺は気づいてしまった。エグゼルト側には水はなく、水に浸かっているのは俺だけだったのだ。

「しまった！」

ようやくエグゼルトの本当の狙いに気づいた。

エグゼルトが攻撃の通らない風の衝撃波を何度もこちらに放っていたのは、俺の周囲の地面を削り取り、自分がいる位置との高低差をつけるためだったんだ。

そして水津波魔法（ウォーターウェイブ）で俺の周囲に水を溜め、この後放つ攻撃は……

エグゼルトは俺が水津波魔法(ウォーターウェイブ)に堪えている間に、既に次の魔法を完成させていた。

「クラス6・稲妻魔法(ライトニングボルト)」

エグゼルトが言葉を発すると、上空から突如稲妻(いなずま)が現れ、地面に向かっていく。

くっ！　魔力を集めていないため防御魔法を使う暇はない。せめてカゼナギの剣で周囲の水を……

しかし俺がカゼナギの剣で風を操る前に、エグゼルトのクラス6・稲妻魔法(ライトニングボルト)が水面に落ちた。

水を伝った稲妻が俺の身体を焼き焦がす。

「ぐあぁぁぁっ！」

俺はエグゼルトの放った稲妻の威力に、断末魔のような声を上げる。そして右手に持ったカゼナギの剣を手放し、その場に倒れてしまった。

うぅ……まさか水を下地に雷の攻撃をしかけてくるとは……

風の衝撃波によって、こちらの周囲の地面が低くなっていることに何故気づかなかったんだ。

だが悔やんでいる暇はない。

今の攻撃でかなりのＨＰを持っていかれたが、まだ俺は生きている。そして幸いなことに耐性のスキルを持っていたため、稲妻を食らったことによる麻痺(まひ)はない。

とにかくこの場は防御魔法を使って凌ぐんだ。

だがエグゼルトは稲妻魔法(ライトニングボルト)を放った後、すぐに大剣を両手で持ち、こちらに向かって風の衝撃波を繰り出してきた。

ダメだ……もう魔法を使う時間がない。

俺はいち早く防御魔法を使うため、倒れたまま魔力を左手に集めていたが、どう考えても魔法を使うより風の衝撃波がこちらに到達する方が速い。

俺の周囲にはまだ水があり、目に見えない風の衝撃波によって水面が割れていくのが見えた。

地面に倒れている俺には、風の衝撃波をかわすことはできない。

カゼナギの剣もない。

身体は焼け焦げ満足に動くこともできない。

魔法も間に合わない。

「ここで、終わりか……」

勝てば願いを叶えてくれるというエサに釣られて、エグゼルトの強さを見誤ってしまった。

俺はここまでだ。ごめんルナさん、ノノちゃん、サーシャ、そして……エミリア。

風の衝撃波はあと数メートルでこちらに到達する。

この場を打開する方法など思いつかない。俺は左手に集めていた魔力を止めた。

ただエグゼルトが放った、全てを破壊する衝撃波が来るのを待つ。

このまま死んだら俺はまた転生するのだろうか？
だがその心の中の問いに答えてくれる者は誰もいない。
そしてエグゼルトが放った風の衝撃波を食らう直前……
突如背後から猛スピードで何かが現れ、風の衝撃波を剣で斬り裂いた。

第八章　参戦！　恋する戦乙女

「くうっ！」

少女は風の衝撃波の全てを剣で斬ることはできず、ダメージを受け苦悶の声を上げる。

「立ちなさいリック！　こんなところで倒れることは私が許さないから！」

何とエグゼルトの攻撃から俺を守ってくれたのは、観客席にいたエミリアだった。

「エ、エミリア……」

「無駄口を叩く暇があったら、さっさと回復魔法(ヒール)を使いなさい！」

確かに今はいつエグゼルトの攻撃が来るかわからない。

俺は左手に魔力を込め、風の衝撃波を食らったエミリアに魔法をかける。

「クラス５・完全回復創聖魔法(パーフェクトヒールジェネシス)」

するとエミリアの身体は魔法の光に包まれ、傷が消えた。

「バ、バカね。まずは自分の傷から治しなさいよ……でもありがと」

人には無駄口を叩くなと言っていたが、自分はしっかりと言いたいことを伝えるのか。さすがエミリアだな。

　そして俺も自分にクラス5・完全回復創聖魔法(パーフェクトヒールジェネシス)をかけて傷を治療し、落としてしまったカゼナギの剣を拾う。

　エミリアに完全回復創聖魔法(パーフェクトヒールジェネシス)をかけている時からエグゼルトを注視していたが、大剣を地面に突き刺したままだ。こちらをすぐに攻撃する意思はないように見えた。

「エミリア……どういうことだ？」

　エグゼルトの重厚で低い声が闘技場に響き渡る。

「見てのとおりよ。リックの手助けをしただけですけど」

　エミリアは突然加勢したことに対して反省もせず、何が問題なのかわからないと言った表情でエグゼルトの問いに答える。

　おいおい。皇帝陛下にそんな態度を取ってもいいのか？　見ているこっちとしては、不敬罪に問われてしまうのではないかとハラハラしてしまう。

　でもエミリアはエグゼルトと親戚関係にあるから大丈夫なのか？

「宰相だって決闘が始まる前に、一人でいいのかとリックに対して聞いていたから問題ないでしょ？」

　いや、問題ありまくりだろ！　宰相が言ったのは決闘が始まる前であって、決闘中に乱入していいことにはならないはずだ。

だけどエミリアはいつも自分が言ったことが全て正しいと自信満々の表情をする。たまにこっちが間違っているんじゃないかと思う時があるんだよな。

「この場に立つ意味がわかっているのか？」

「この場に立つ意味？」

「余と戦うということは、命の保証はしないということだ。エミリアにはその覚悟があるのか？」

確かにエグゼルトの言うとおりだ。

ただ俺が窮地に立たされ、見ていられなくなったから思わず身体が動いて飛び出してしまったという理由なら、この決闘に参加しない方がいい。エグゼルトも言っているように、この決闘に敗北したら無事に帰れる保証などどこにもないのだから。

「覚悟？　そんなものあるわけないじゃない」

「ならば早々に立ち去るがよい！」

守ってくれたことには感謝しているけど、覚悟がないならこの場から立ち去るべきだ。

エグゼルトの言葉には殺気がこもっているし、俺との決闘を邪魔されたことに対して、怒り心頭だということがわかった。そのため下手なことを言うと、エグゼルトは激昂して斬りかかってくるかもしれない。

だがこの後エミリアは、一騎当千の強さを持つエグゼルトに対してとんでもないことを言い始めた。

「私が……私達が勝つのに何故負ける覚悟をしないといけないの？」

さ、さすがエミリアだ。歴戦の勇者でありこの国の皇帝に対して啖呵を切るとは。

相手が誰だろうが持論を曲げることのない姿は、いっそ清々しく感じるな。

「フッ……フッハッハッ！」

殺気まみれだったエグゼルトが突然笑い始める。

「確かにそのとおりだ。余も負ける覚悟を持って戦ったことなど一度もない」

化物のような強さを持つエグゼルトならともかく、エミリアまで敗北する自分を想像していないとはな。エグゼルト相手にそんな言葉を言えるのはこの世界でエミリアだけじゃないのか。

俺はその頼もしい背中に視線を送るが、その時に気づいてしまった。エミリアの足が僅かだが震えていることに。

そうだ、相手はこの国のトップである皇帝。それに、これ程の強烈な殺気を食らって正気を保つことなど常人には不可能だ。

だけどエミリアはその恐怖を乗り越えて、俺を守るためにこの場に来てくれた。

たとえ勝負に負けたとしても、加勢してくれたエミリアの命だけは絶対に守らないとな。

「リック！　何ボサッと突っ立っているの！」

「お、おう」

「やる気あるの？　絶対にこの勝負は勝つから！」

俺はエミリアに鼓舞(こぶ)され、再びカゼナギの剣を構える。

エミリアは俺が知る中で、唯一エグゼルトに立ち向かうことができる実力者だ。帝国の守護者と呼ばれている公爵家のイシュバル・フォン・ルーンセイバーの娘であり、剣の天才と称されている。

幼い頃は剣術に興味はなかったが、ドルドランドでサーシャと一緒に攫(さら)われた後、何か思うところがあったようで、剣の道に進んだ。その後たちまち頭角を現し、今では剣の技術は帝国一だと自他共に認めている存在である。

それでもエグゼルトの強さにはまだまだ届かないと思う。しかし俺の創聖魔法で強化すれば……

「いいだろう。二人ともかかってくるがよい！」

エグゼルトに認められたため、エミリアもこの決闘に正式に参戦することになった。

俺とエミリアは一瞬で戦闘態勢に入る。

「リック！　私に強化魔法を使いなさい」

「わかった。クラス２・旋風創聖魔法(フヮールウインドジェネシス)、クラス２・剛力創聖魔法(クラフトジェネシス)」

俺はエミリアの言葉に従い、創聖魔法を使って身体能力を強化する。

「えっ？　何なの？　力が溢れてくるわ。これはただの補助魔法じゃないでしょ？」

「今はそんな話をしている時じゃない。力もスピードもかなり強化されているけど、制御できそうか？」

以前ルナさんに創聖魔法の強化をかけた時は、無力化した敵に短剣を突き刺すだけの作業だったが、エミリアは素早く身体を動かし、精密な剣戟をするタイプだから、制御が難しいはず。それに何と言っても、相手がエグゼルトなので少しのミスが命取りになる。

「誰に向かってそんな口を利いているの？　私はルーンセイバー家のエミリアよ。リックと同じにしないで」

「それは耳が痛いな」

さっきエグゼルトから「力に技術が伴っていない。まるで新しいおもちゃを手に入れてはしゃいでいる子供のようだ」と指摘されたばかりだしな。

「お手本を見せてあげるわ。リックは援護をお願い」

エミリアが自信満々の表情でエグゼルトに接近する。

その動きは速く滑らかで、重心も安定しているように見えた。

「これならいける！」

自分の力を制御したエミリアは、そのままエグゼルトに突撃し、攻撃を繰り出す。

「あ、あの構えは！」

エミリアは左手に持った剣を引き、突進した勢いも乗せて前方に突きを放った。

「食らいなさい！　ミーティアスラスト！」

するとエミリアがスキルを口にしながら放った剣が無数に分かれてエグゼルトに襲いかかる。

あれはテッドが使っていた技だ。

いくら創聖魔法で強化されているからといって、あれ程の数の剣を放つとは。

俺の動体視力を強化した目には、剣の数は十八に見えた。テッドは七、俺は九だから、エミリアの剣術の腕がどれ程すごいのかがわかる。

しかし剣の腕はエグゼルトも負けてはいない。

エグゼルトは大剣を使い、十八ある剣を一撃で全て斬り払う。

「きゃっ！」

するとその衝撃に堪えられなかったのか、エミリアは声を上げ後方へと吹き飛ばされてしまった。

これは以前俺がテッドのミーティアスラストを防いだのと同じやり方だ。しかし今はあの時とは違い一人じゃない。

俺はエミリアの攻撃が防がれた後、すぐに剣を持った右手を引き、そして突きを放つ。

「ミーティアスラスト！」

俺の放った突きは十三に分かれエグゼルトに襲いかかる。

創聖魔法で強化しているのに十三か。

エミリアがどれ程すごいことをやってのけたか、改めて実感する。

鑑定で視ていないので何とも言えないが、もしかしたら剣技のスキルがA、いやSかもしれないな。

エグゼルトはエミリアの剣を打ち破るために大剣を振った後で、僅かだが隙ができていた。

このタイミングなら決まる！

俺は一瞬確信したが、これまでの戦いで常軌を逸する行動を見せたエグゼルトに油断は禁物だと、すぐに気を引き締める。

そしてその悪い予感は現実のものとなり、俺のミーティアスラストも全てエグゼルトの大剣で防がれてしまう。

「嘘でしょ！　今の攻撃が決まらないなんて」

エミリアが驚くのも無理もない。エグゼルトは先程俺と戦った時より、剣さばきが上手くなっている。

「いい攻撃だ。だが今の余には届かないな」

エグゼルトが大剣を上段から振り下ろしてきたので、俺はバックステップでかわす。だが大剣のスピードが予想以上に速く、カゼナギの剣で受け止めることになってしまった。

「ぐあっ」

エグゼルトの攻撃は先程より重い。思わず声が出てしまう。

こ、こんな攻撃を何発も受け止めていられるか！　いずれ手の骨が折れてしまうぞ。

俺はたまらず後方へと下がるが、エグゼルトは追撃し大剣で斬りかかってきた。

まずい。何とかエグゼルトの大剣を受け止めているけど、一撃食らう度に腕の骨がきしみ、激痛でカゼナギの剣を手放してしまいそうだ。

「くっ！　このままだと！」

痛みで剣の柄をしっかりと握れなくなってきた。

「これで終わりだな」

エグゼルトは俺を仕留めるために、強烈な一撃を繰り出してくる。

この攻撃を受け止めたら剣が弾き飛ばされ、身体ごと斬られてしまう！

「リック！」

エミリアが俺とエグゼルトの間に割って入った。

彼女が大剣を受け止めてくれたおかげで、俺は事なきを得る。

「何でリックが一人で戦った時より速いの！」

エミリアはエグゼルトの剣を上手くさばいているように見えるが、表情は苦しそうだった。

「クラス3・回復魔法（ヒール）」

俺はすぐさま自分の手に回復魔法（ヒール）をかけ、エグゼルトの攻撃を受け止めているエミリアに加勢する。しかし、大剣の猛攻は止まらない。

「二人がかりなのに受け止めるのが精一杯ってどういうこと！　リックと戦っていた時は手を抜いていたの！」

エミリアの言いたいことはわかる。だけどエグゼルトの性格上、意図的に手加減するとは考えづらい。

おそらくは……

「起死回生が発動したんだ」

「何なのそれ！」

「窮地に陥ると能力が上がるスキルだと思う」

スキル名からしてたぶん相手の人数が増える、もしくは強い相手がいると発動するものだと考えられる。最初に鑑定でスキルを視た時には、ダメージを受けると能力が上がるものだと思っていた。

しかしエグゼルトはエミリアが参戦した後から明らかに強くなっている。相手の人数や能力に関係するスキルで間違いないだろう。

「どうやって知ったのかわからないが、概ね正解だ。だが気づいたところで勝敗は変わらないがな」

エグゼルトの大剣による攻撃に終わりが見えない。

まさか二人がかりでも攻撃を防ぐのが精一杯だなんて……

このままでは先程のように、いずれ大剣を受け止めることができなくなってしまう。

とにかく一度エグゼルトと距離を取りたい。

とはいえ、エグゼルトがすんなり後方に下がらせてくれるとは思えない。

「エミリア、体勢を立て直すぞ！　飛べ！」

だから正攻法以外の方法でやるしかない。

「わかったわ」

エミリアは俺のよくわからないだろう指示に従って高く飛び上がる。そして俺もエミリアに続いてジャンプすると共に、カゼナギの剣に少しだけ魔力を込め、剣を自分達の方に向けて叫んだ。

「放て烈風！」

すると威力を抑えた風の衝撃波が俺達に襲いかかった。

上空後方へと吹き飛ばされることで、エグゼルトと距離を取ることに成功した。

俺は風の衝撃波を食らっても上手く着地することができたが、何も知らされていなかったエミリアは……

心配になって真横に視線を向けるが、エミリアは華麗に宙返りを決めて見事に着地していた。

「大丈夫か？」

「平気。何となく何をするか想像できたから」

さすがだな。天才剣士と呼ばれるエミリアは勘も鋭いようだ。

「それより、いいことを思いついちゃった」

「いいこと？」

エミリアは口に手を当てて小声で語りかけてくる。

「どう？　やれるわよね？」

俺はエミリアの言葉を聞いて頷く。

起死回生のスキルのせいで、剣の腕は俺達二人がかりでもエグゼルトには敵わない。ここはエミリアの策に乗ろう。

「相談は終わったのか？」

「ええ、おかげさまで」

一応警戒はしていたが、どうやらエグゼルトは俺達の話が終わるのを待っていたようだ。

こっちが次にどんな攻撃を繰り出すのか、楽しみにしているのだろう。

勝敗より戦いを楽しむなんて、本当に戦闘ジャンキーだな。

だけどその油断が命取りになることもあるんだ。

俺は左手に魔力を込めて、夜よりも暗い闇をイメージして創聖魔法を唱える。

「クラス４・闇霧創聖魔法（ダークミストジェネシス）」

すると黒い霧が一瞬で周囲に広がり、闘技場が暗闇に包まれた。

「これでは何も見えませんな」

観客席から宰相の声が聞こえる。

本来なら半径二十メートル程に霧を発生させる補助魔法だが、創聖魔法として唱えることによって、闘技場はおろか観客席まで暗闇に包まれていた。

「目眩（めくら）ましのつもりか？　だがこの程度の霧では余の視界を奪うことはできんぞ」

俺は探知スキルを使い、エグゼルトの行動を確認する。

エグゼルトが大剣を上段に構え、こちらに向かって力強く振り下ろすと、前方の黒い霧は風の衝撃波によって一部吹き飛ばされた。

だが俺達は既にその場にはいない。風の衝撃波は闘技場の壁に当たり消失する。

「クラス４・闇霧創聖魔法（ダークミストジェネシス）」

俺は再び創聖魔法を唱え、今のエグゼルトの攻撃で霧散した部分を補填（ほてん）する。

その瞬間、少しだけ俺達の上空の黒い霧が晴れたが、既に発動している闇霧創聖魔法（ダークミストジェネシス）によって再び暗闇に覆い隠される。

「ならばこの霧を全て払ってやろう。クラス6・風剣魔法（ウインドソード）」

エグゼルトは左手を大剣の刃に添えると、声高に魔法を唱えた。

これは、風剣魔法（ウインドソード）と風の衝撃波の合わせ技で全てを吹き飛ばそうという考えか。

エグゼルトが上段から大剣を振り下ろすと、すさまじい風が湧き起こり、前方の黒い霧が全て霧散した。さらに、衝撃波はこちらへと向かってくる。

エグゼルトの攻撃は起死回生によって威力が上がっていると考えられる。俺は防御に徹することを選択した。

「クラス2・風盾創聖魔法（ウインドシールドジェネシス）」

魔法を唱えると俺を三百六十度包み込む風の盾が展開される。

「くっ！　何て威力だ！」

エグゼルトの攻撃を受けている風の盾が、ピシピシと音を立てているのがわかる。

「持ってくれよぉぉぉ！」

願いが通じたのか、何とかエグゼルトが放った衝撃波を受け止めることができた。だが、そこで俺の風の盾は砕け散ってしまった。

「これで最後だ！　クラス６・風剣魔法（ウインドソード）」

エグゼルトは俺にとどめを刺すために再度風魔法で大剣を強化し、衝撃波を放とうとした。

しかし、ようやく異変に気づいたようで、攻撃を中断する。

「エミリアがいない⁉」

そう、エグゼルトの言うとおりエミリアの姿はなかった。

周囲の黒い霧は風の衝撃波によって吹き飛ばされていたが、この場に立っているのは俺とエグゼルトだけだ。

「何故エミリアの姿が見えないのだ！」

気のせいかもしれないが、俺はこの時初めてエグゼルトが動揺しているように見えた。

これが最後のチャンスだ！

俺はエグゼルトに向かって走り出す。

「まさか！」

どうやらエグゼルトはエミリアがどこにいるか気づいたらしい。

だがもう遅い。エミリアは既にエグゼルトの真上にいるのだから。

目眩ましとして放った黒い霧の中、俺はカゼナギの剣の力を使ってエミリアを上空へと飛ばしたのだ。

どうやらエミリアは、エグゼルトの大剣を逃れるために俺が風の力を使って吹き飛ばしたことを見て、この方法を思いついたようだ。

だがリスクもあった。

カゼナギの剣を使って上手く人間を空に飛ばせるかどうか。そしてもしエグゼルトに気取られたら、エミリアは宙に浮いているため、無防備に攻撃を受けてしまうことになる。

しかし俺達は賭けに勝った。

エグゼルトは視線を上に向けたが、既にそこにはエミリアの剣が迫っていた。

「これで決めるわ！　ミーティアレイン！」

エミリアの剣がまるで宇宙から落ちてくる流星のように輝き、瞬く間にエグゼルトへと落下する。

「ぐあぁぁぁっ！」

エミリアの剣はエグゼルトの右肩を貫いた。

地面に串刺しにされたエグゼルトは、呻き声を上げ大剣から手を放す。

「やったわ！」

エミリアから喜びの声が上がるが、まだ終わっていない。

エグゼルトの闘志はまだ死んでいないのだから。

「右肩を貫かれた程度で！」

エグゼルトは地面に倒れ、剣が肩に刺さった状態で右足を使ってエミリアに蹴りを放つ。

「あぐっ！」

エミリアは油断していたせいか、蹴りを腹にまともに食らい吹き飛ばされる。

「まだ勝負はついていないぞ！」

エグゼルトは地面に落ちた大剣を取るために手を伸ばす。

だがエグゼルトは大剣を握ることができなかった。

何故なら……

「いえ、この勝負は俺達の勝ちです」

風の盾が砕け散った後に走り出していた俺が、地面に落ちた大剣を足で踏みつけ、カゼナギの剣をエグゼルトの首に突きつけたからだ。

ここまで追い詰めたが、エグゼルトが敗北を認めるかどうかはわからない。

確か護身術か何かで、近距離で銃を突きつけられた時の対処方法みたいなやつがあったはずだ。

突然「この程度で余に勝った気でいるとは片腹痛いわ！」的なことを言って反撃してくるかもしれないので、警戒は怠(おこた)らないようにしよう。

「ふっ……」

エグゼルトが笑った！

でもこの笑みはどういう意味なんだ？　諦めの笑みか？　それともこれから第三ラウンドを始める的な笑みなのか？

真意を測りかねていると、エグゼルトはゆっくりと立ち上がり、こちらをまっすぐ見た。

「余の完敗だな」

エグゼルトは敗北宣言をした。

か、勝ったあ……

俺は皇帝陛下に向けていたカゼナギの剣を下ろす。

緊張感から解放され、思わず地面に座り込みそうになった。

「強かったです……とても」

これが正直な感想だ。

おそらくまともに戦っていたらこちらが負けていただろう。皇帝陛下は戦いの最中、こちらの出方を見てから行動していた節があるからな。

もし問答無用で突撃されたら負けていたし、何より途中で乱入してきたエミリアと二人がかりでやっと倒すことができたから、試合に勝って勝負に負けたと言ったところか。

「これほどの実力者がスパイ活動をするとは思えんな。やはりハインツの戯れ言であったか」

「はい。俺はニューフィールド家に追放されたので、母方の実家があるジルク商業国へ向かっただけです」

「スパイ容疑については不問としよう。そしてそれとは別に褒美(ほうび)として……」

「すみません。そのお話は後でよろしいでしょうか」

俺は皇帝陛下に頭を下げて背を向ける。

今は皇帝陛下の蹴りを食らったエミリアが心配だからだ。

「エミリア！」

俺は闘技場の壁近くまで吹き飛ばされ、倒れているエミリアに声をかける。

だが返事がない、まるで屍(しかばね)のようだ。

「勝手に人を殺すんじゃないわよ！　イタタッ……」

エミリアは突然目を開き、大声を上げた。そのせいで痛みが走ったのか左手で腹部を押さえている。

「な、何だよ。俺は何も言ってないぞ。そんなことより回復魔法をかけるからじっとしててくれ」

俺はエミリアに向かって完全回復創聖魔法(パーフェクトヒールジェネシス)をかける。

「ん、もう痛くない。ありがと……手」

エミリアはこちらに左手を差し伸べてきたので、俺はその手を取り立ち上がらせる。

「エミリアが加勢してくれなかったら皇帝陛下に負けていたよ。自分の命を危険に晒してまで俺のために……」

「べ、別にリックのために手を貸したわけじゃないわよ！」

「それじゃあ何のために？」

「え〜と……その〜……あれよ！　皇帝陛下に勝てば願いを叶えてもらえるから、リックを利用しただけ！　わかった？」

何だか今思いついたことを口にしたように聞こえたけど気のせいか？　もしかしてやっぱり俺のために？　いやでも、いくら元婚約者だからといって、エミリアが俺のために死を覚悟して皇帝陛下に立ち向かってくれるかな？

「エミリア、リック……二人が勝者だ。願いを言え」

エミリアと話している間に、皇帝陛下が背後から現れ話しかけてきた。

「お待ちください！」

すると、宰相が観客席から声を上げながらこちらへ走ってくる。

「宰相、何か言いたいことでもあるのか？」

「皇帝陛下の決定に対して異議を唱えることはいたしませんが、今回はリック殿と皇帝陛下の決闘だったはず。しかし途中でエミリア様が乱入したので……」

「まさか願いを叶える件は無効だとか言うつもり？」

それは困る。それだと何のために帝国まで来たのかわからなくなってしまう。

「いえ、約束を違えるのは皇帝陛下の名を傷つけることになってしまいます。ただし、恒久的な願いは無効とさせてください」

なるほど。これから死ぬまで毎月金貨を百枚くださいとか、皇帝陛下のお力でエミリアと結婚させてくださいというのはなしということか。

「えっ！」

突然エミリアが驚いたような声を上げる。

「リッ……と……けっ……できる……たのに」

ブツブツと小声で何か言っているな。

まさかエミリアは恒久的な願いを叶えようとしていたのか。

「皇帝陛下、それでよろしいですね？」

宰相は圧を込めて皇帝陛下に同意を求める。

「わかった。二人がそれでよいなら従おう」

本当は恒久的な願いがよかったけど、敗北寸前だったところをエミリアのおかげで勝ちを拾ったのだから文句は言えない。

「仕方ないわね。だったら私は結婚するまでの間、自由に他国へ行けるように許可をもらいたいわ」

　なるほど。本当は恒久的に他国へ行く許可をもらいたかったが、それだと願いを叶えてもらえないから結婚するまでと限定したのか。

「お待ちください！　そのようなことを許可してしまえば、ルーンセイバー家から苦情が出てしまいます」

　宰相の言い分もわかる。公爵家の者が他国に自由に行くというのは普通はありえない。だからサーシャがジルク商業国に来た時には本当に驚いたものだ。

「ちょっとこっちに来て」

　エミリアは宰相を近くに呼び寄せると何か小声で話し始めた。

◇　◇　◇

「リックをこのままジルク商業国に行かせてもいいの？」

　エミリアの囁き（ささや）に、宰相は目を見開く。

「よくないですな。あれほどの実力者がもし帝国に牙を剥（む）いてきたら……」

「だから私がリックを連れ戻してあげる。元婚約者の私が説得すれば、時間はかかるかもしれないけどきっと帝国に帰ってくるわ」

この時の宰相は、高圧的なエミリアが本当にリックを連れ戻すことができるのか懐疑的であったが、打てる手があるなら打った方がいいという結論に至った。

◇　◇　◇

「皇帝陛下、宰相も了承してくれましたわ。私のお願いを聞いていただけますね？」

「よかろう」

どうやらエミリアの願いは聞き入れてもらえるようだ。

まさかとは思うけど他国に行く許可を得たのは、俺を追いかけるためじゃないよな？

一抹の不安を覚えたが、それより今は自分の願いをすぐに叶えてもらうのが先だ。

俺は皇帝陛下に向かって口を開いた。

第九章　最強の援軍

ラフィーネさんにメッセージを送った現在。

「ハインツ、このままここにいてもいいのか？　お前にも聞こえるはずだ。援軍の足音が！」

「何⁉」

ハインツはダークネスブレイクの発動を中止し、周囲の気配を探り始める。

「こ、これは……貴様まさか！」

「父親にお仕置きされても知らないぞ」

ハインツは援軍の正体がわかり、取り乱し始める。

魔王化して冷静な態度を取っていたが、さすがに援軍の人物——グランドダイン帝国皇帝に対しては、平然としていることは難しいらしい。

ハインツをこのまま野放しにすると、いつか必ず俺に災いをもたらしてくることはわかっている。

だけど今は一刻も早くルナさんや捕縛された人達を助けたい。

だからここは退いてくれた方が助かる。

「だが、その前にお前を倒せば済む話だ」

ハインツは退却するより戦うことを選択したようだ。憎むべき相手の前から尻尾を巻いて逃げるなんて、余程のことがない限りハインツのプライドが許さないか。

こうなったらこちらも腹を括って、ハインツを始末するしかない。

だがこの時、援軍の方で動きがあった。

探知スキルで視ると、援軍はラフィーネさん達の周囲にいる兵隊を蹴散らしている。

その中で一人だけ猛スピードでこちらに向かってくる者がいた。

げっ！　まずいぞ。このままだとさらにこの場が荒れてしまう！

何とかその前にハインツとの決着をつけないと。

しかし俺の願いは虚しく、一人の少女が俺とハインツの戦いに乱入してきた。

「ようやく会えたわね……ハインツ！」

猛スピードでこの場に現れた者……それは公爵家の令嬢、剣の天才と呼ばれるエミリアだった。

「エミリアか……貴様には用はない」

「あなたになくても私にはあるのよ。勇者パーティーではよくもリックをこき使ってくれたわね」

「それはエミリアも同じじゃないか」

俺はエミリアが、普段自身がどんな行動をしているのか理解できていないのではと思い、つい口を挟んでしまった。

「う、うるさい！　私はいいのよ！」

それは理不尽じゃないか？　まあこの世界では権力がある人の言うことは、間違っていても正しいことになってしまうからな。

「とにかくリックは私に強化魔法をかけなさい！」

俺はエミリアの言葉に従ってクラス２・旋風創聖魔法（フウァールウインドジェネシス）とクラス２・剛力創聖魔法（クラフトジェネシス）をかける。

「玉座の間では、よくもリックがスパイだなんて虚偽の報告をしてくれたわね」

「それがどうした？」

「どうしたですって？　皇帝陛下もあなたが嘘をついていたことは既にご存じよ。どんな処分が下るか今から楽しみだわ」

「俺はもう帝国を捨てた。帝国でどんな裁きが下ろうと今の俺には関係ない」

「あなたが帝国を捨てた？　どういう意味なの？」

「俺は今、ザガト王国のハインツだ」

「あなた……帝国を裏切るつもり？　皇帝陛下の怒りを買うわよ」

「確かに父上は強い。だがこちらには……いや、今はまだ口に出すわけにはいかないな」

ハインツが気になるところで言葉を切る。どうせなら悪役らしくベラベラと全てを語ってほしいものだ。

「最後まで言いなさい。あなたが言わないなら、私がさっきから思っていたことを言ってあげるわ。これまでのように威張り散らして命令する姿も見るに耐えなかったけど……」

それはエミリアも同じなのでは？　俺に足の裏を舐めるように命令してきたし。

だが今それを言うとさっきみたいに怒られるので黙っておく。

「今のあなたは、思春期の子供が背伸びをしているようにしか見えないわよ」

確かにエミリアの言うとおりだ。

この世界にはない言葉だけど、ハインツは思春期で迎える中二病みたいになっている気がする。

黒いオーラを纏っているし。

「帝国にいた頃の俺は死んだ。今の俺が本当の姿だ」

エミリアの言うとおり、ハインツが中二病だと考えて今のセリフを聞いたら笑いが込み上げてきた。

だけど言葉はともかく、ハインツが成長しているのは確かだ。

以前のハインツだったらエミリアに「子供が背伸びをしているように見える」なんて言われたら、激昂して斬りかかっていただろう。

だが今のハインツは至って冷静に見える。

嫌な風に成長してくれたものだ。どうせなら帝国にいた頃に今の冷静さを身につけてほしかったけどな。

「またかっこつけちゃって。正直似合ってないわ」

エミリアはハインツに殺気を向けて剣を構える。

もうこうなったらエミリアは止められない。それなら皇帝陛下を倒した時のように一緒に戦って、とっととハインツを片付けてしまおう。

俺はエミリアの横に並び剣を構える。

少し時間はかかってしまうが、俺とエミリアなら確実にハインツを倒せるはず。それにもう少しすれば最強の援軍もここに来るしな。

場に緊張が走る。

エミリアは好きにやらせた方が力を発揮するので、俺はエミリアの動きに合わせて動くことにした。

エミリアが少しずつハインツとの距離を詰め、突撃をかけるかと思われたその時——予想外のことが起こった。

「どういうつもり？　今さら命乞いをしても遅いわよ」

ハインツが手に持った剣を鞘にしまったのだ。

「リック……決着は次に会った時まで預けてやる。ここではうるさいコバエがいて落ち着いて戦うことすらできん」

「何ですって！　私をハエ扱いするなんて万死に値するわ！」

エミリアは挑発に乗ってしまい、猪のようにハインツへと突進する。

「死になさい！」

エミリアの鋭い突きがハインツの額に向かって放たれる。

言葉どおり、一撃でハインツを仕留めるつもりだ。

しかしハインツはエミリアの攻撃を読んでいたのか、しゃがみ込んでかわす……いや、地面の影の中へと消えてしまった。

今のは魔法？　それともスキルか？　鑑定ではそのような能力はなかった。ならば第三者の介入か、もしくは特殊なアイテムか!?

「リック、お前は必ず俺が殺してやる。それまで死ぬなよ」

どこからか声が聞こえると、ハインツの気配は完全にこの場所からなくなり、周囲に静寂が戻った。

「ハインツはどこに行ったの！」

「たぶんもう逃げたよ」

「あの男、絶対に許さないから！　次に会った時は覚えていなさいよ」

やれやれ。ハインツの奴、エミリアの機嫌を悪くして逃げるなよ。大変なのはこっちなんだぞ。

しかし嘆いても仕方ない。とにかく今はルナさん達を助けるのが先だしな。

「リックくん！」

タージェリアの街の中へと向かおうとした時、遠くからこちらに向かって走って来る人達の姿が見えた。

「ラフィーネさん」

無事でよかった。どうやら最強の援軍がラフィーネさんを助けてくれたようだ。

「ザガト王国の兵隊は？」

「リックくんが用意してくれた戦力が蹴散らしてくれたわ。残りの兵隊も余程皇帝陛下が怖かったのか逃走しているみたい」

「まあ、ザガト王国の人は恐怖を刷り込まれていますからね」

もしかしたら街の中の兵達も退却しているのか？

探知スキルを使って周囲の状況を確認してみると、ルナさんや捕らわれている人達の周りにはザガト王国の兵達はいなかった。

街の外も探知スキルで視てみると、ザガト王国の兵達は既に退却し始めていた。

けどこれは……

「ラフィーネさん。捕らわれている人達の周囲にはザガト王国の兵はいないようです」

「そうなの？」

「はい。申し訳ありませんが、ルナさん達をお願いしてもよろしいでしょうか？」

「えっ？　リックくんはどうするつもり？」

「瀕死の状態で倒れている人がいるので、その人のところに行ってきます」

「わかったわ」

「すみません」

「えっ？　ちょっと待ちなさい」

背後でエミリアが何か言っていたが、それどころじゃなさそうなので、この場を離れることにする。

これから迎えに行く子は軽装で、とても戦場に出るような格好ではなかった。そして左手には鎖が巻かれていた。

もしかして……

俺はラフィーネさんに頭を下げると、急いで街の南西にある川の方へと走った。

第十章　少女とルナの真実

俺は全速力でタージェリアの南西へと走る。

命の危険がある少女を見殺しにすることなどできないという考えもあるけど、俺の直感が、この子がザガト王国が必死になって捜している子じゃないかと言っているのだ。

探知スキルで視た時には、少女は岩と岩の隙間に座っていたけど、すぐに意識を失ったのか倒れてしまっていた。

本当はルナさんを優先させたかった。だが幸いなことに兵隊は退却し始めているため、ルナさんの安全は確保されているだろう。それならば倒れた少女を助けに行く方が優先だ。

空を見ると灰色の雲が広がっていて、ポツリポツリと雨が降ってきた。

雨は体温を奪ってしまう。少女がどれくらいあの状態でいるのかわからないけど、今日は決して気温が高い方ではない。急いだ方がよさそうだ。

そして走り出してから一分も経たないうちに、少女が隠れている場所へと到着する。

「大丈夫ですか？」

俺は褐色がかった肌を持つ少女に声をかけた。しかし反応がない。

見た目は俺と同じくらいの年に見えるけど、この少女はいったい……ん？　何かうわ言で呟いているぞ。

「もう痛いことを……しないで……ち……」

少女は一言二言口にすると、そのまま完全に意識を失ってしまった。

「まずい！　急いで回復しないと！」

俺は急いで完全回復（パーフェクトヒール）創聖（ジェネシス）魔法をかける。

よく見ると少女の身体には無数の傷痕がある。だけどこの傷の大部分は過去につけられたものだ。痩（や）せ細（ほそ）っているし、少女が過酷な環境で育ったことは間違いないだろう。一瞬奴隷かもしれないという考えが過ったが、奴隷の首輪はつけていなかった。あるのは左手につけられた鎖だけで、その鎖は古びてボロボロだ。

少なくとも、ザガト王国の襲撃にあったタージェリアの街の市民には見えないな。

やはりこの少女はザガト王国が捜している人物なのか？　それとも何か深い事情があってここにいるのか？　どちらかわからないけど今は少女の傷を治すのが先だ。

俺は古い傷痕も含めて少女が負傷している箇所を全て治療した。

「これで大丈夫なはずだけど……」

しかし少女の息づかいが荒くなっていくだけで、目が開くことはなかった。

「もしかして熱があるのか？」

俺は少女の額に手を置くと、明らかに高い温度が掌に伝わってくる。

完全回復創聖（パーフェクトヒールジェネシス）魔法はあくまでも怪我や傷を治す魔法なので、病気には効かない。

そうとわかったらさっさと移動しないとな。

俺は少女を背負って、なるべく振動を抑えながらタージェリアへと戻った。


タージェリアの西門にたどり着くと、そこには殺気を纏った鬼がいた。

「ちょっとリック！　私の許可なしにどこへ行っていたのよ」

「危険な状態の女の子がいたから助けに行ってたんだ。この子、熱があるみたいだから、ベッドに寝かせてあげたい。エミリア、見ててくれないか？」

この少女が何故あの場所にいたのか聞いてみたいけど、捕らわれたルナさん達のことも気になる。

それにエミリアなら、もしザガト王国の兵達がこの子を取り戻しに来ても、蹴散らしてくれるだろう。

「私に命令するなんていい度胸ね。で、でも今日は帝国の外に出られて気分がいいから、特別にそのお願いを聞いてあげるわ」

「ありがとう」

しかし、このお願いに意味はなかったようだ。

「エミリア、我らは帝国に戻るぞ」

背後から現れた皇帝陛下によって、エミリアは帝国に戻ることを余儀なくされた。

「リックくん、皇帝陛下はもう国に戻られるそうよ」

そして皇帝陛下の隣にはラフィーネさんがいた。

そう、俺がシュバルツバインに向かったのは、帝国の力を借りるためだった。

ザガト王国の戦力は未知数、そしてジルク商業国は多くの兵をすぐに集めることができないと聞いた。そこで俺は、ルナさん達を確実に助けるために皇帝陛下と戦って勝ち、援軍を出してもらうようお願いしたのだ。もちろんラフィーネさんには事前に許可を得ていた。

ただ、ハインツの姉である皇女がザガト王国に嫁いでいる。もしかしたら皇帝陛下は俺の願いを拒否するかもと思ったが、それは杞憂に終わった。

決闘の後、皇帝陛下から「帝国を出た以上、娘はもうザガト王国の人間だ。娘は余を倒すためにザガト王国へ嫁いだのだからリックは気にしないでいい。それに、あの研究は……いや、これはそなたには関係ない話だ」と言われた。

そして相談が終わった後、俺は皇帝陛下とエミリアに強化魔法をかけて、一日で帝国とジルク商業国の国境まで走った。

ちなみに、この時一つだけ誤算があった。何故だかわからないが、皇帝陛下には創聖魔法による強化ができなかったのだ。そのため補助魔法の強化で走ってもらった。それでも俺やエミリアより速かったけど。

そして国境沿いで編成した兵を引き連れて、タージェリアへと向かったのだ。

流石に兵士全員に補助魔法をかけるのは厳しかったので、皇帝陛下とエミリアとはそこで一度別れ、俺だけ先行してタージェリアに到着したというわけだ。

「いや！　私はまだ戻りたくありません」

「まだ公爵にエミリアが国外に出る話をしていない。今は帝国に戻るぞ」

「……承知しました」

さすが皇帝陛下だ。

もし他の者が帝国に戻るように言っても、エミリアは言うことを聞かなかっただろう。まあ、ここで駄々をこねたら、せっかく勝ち取った出国許可が取り消しになる可能性があるし、エミリアとしては従わざるを得ないか。

「皇帝陛下、この度は助力していただき助かりました」

ラフィーネさんが皇帝陛下に向かって頭を下げる。

「約束だからな。礼ならリックに言え。だが次はないぞ」

「私としては今後も良好な関係を続けていきたいと願っています」

「それを約束することはできん」

そこは約束してほしいところだけど、皇帝陛下は強者と戦うことに喜びを感じているからな。もしジルク商業国に猛者が現れれば、戦争を吹っ掛けてくるかもしれない。

次の瞬間、皇帝陛下が俺の方に鋭い視線を向けてくる。

えっ？　まさか……思考を読まれたか⁉　俺が猛者だと思ってる？

冗談じゃない。俺はもう二度と皇帝陛下と戦いたくないぞ。

「リック、次に会う時は敵同士だといいな」

「いえ、俺は味方の方が……」

ひぃっ！　やっぱりこの人俺を殺す気だよ！　なるべく帝都には近づかないようにしよう。

「エミリア、行くぞ」

「わかりました」

エミリアの表情から、帝国に戻ることに不満があるのがわかる。

「リック！　一つだけ忠告してあげるわ。サーシャにだけは気を許しちゃダメだからね！　いい？」

「わ、わかった」

エミリアの顔が怖かったので、俺は思わず頷いてしまう。

だけど、サーシャに気を許すなとはどういう意味だ？　エミリアの言ってることがまったく理解できなかった。

「また来るから」

こうして援軍として来てくれた皇帝陛下やエミリアは、帝国へと戻って行った。

「さあ、私達もルナさん達のところに行きましょう。それにリックくんが背負っている子も休ませてあげないとね」

「熱があるのでそうしていただけると助かります」

「ルナさん達は役所でシオンとテッドが保護しているから、その子もそこで寝かせてあげましょう。すぐにお医者さんの手配もするわ」

「お願いします」

そして俺は役所へと向かい、ルナさんがいる部屋まで案内してもらう。

色々あったけど、ルナさんを無事に助けることができて本当によかった。

俺はルナさんと再会できることが嬉しくて、勢いよく部屋のドアを開ける。

すると、ルナさんが俺の胸に飛び込んできた。
・・・・・・・・・・
「リクくん、ここはどこなの？」

強烈な違和感が俺を襲う。

リクくん？　俺はリックだけど聞き間違いか？

「皆変な……ちょっと独創的な格好をしているし、知らない人しかいないし……でもリクくんがいてくれてよかった」

ルナさんはまた俺のことをリクと呼んだ。

リクは前の世界での俺の名前だ。まさかルナさんがそのことを知っているとは思えないし、もしかしたらザガト王国の奴らに何かされたのか？

俺は部屋にいたシオンさんとテッドに視線を向ける。

「我々がルナ代表を保護した時には特に異常はなかったが……」

「その後突然気を失ったんだ。いきなり倒れてビックリしたぜ」

「そしてすぐに目が覚めたんだが、記憶が混乱しているようで」

助けた時は問題なかった？　遅効性の魔法やスキル、アイテムとかか？　でも何故そんなことをする必要がある。

「ルナさん、どうしたの？　疲れているのかな？」

とりあえず俺は背負っている少女をベッドに寝かせる。そしてルナさんに鑑定スキルを使おうとしたその時。

「リクくん、何を言ってるの？　私ははるなだよ」

「はるな？　いや、ルナさんは……」

はるな……この名前を聞いた直後、頭に激痛が走った。

「つっ！」

俺は思わず頭を両手で押さえる。

「な、何だこの痛みは！」

今まで経験したことのない痛みが頭を襲い……いや、この痛みを俺は経験したことがある。

しかし二度目とはいえ、とても我慢できるものではない。俺は床に倒れのたうち回った。

「ぐっ！　ぐぁぁぁっ！」

これは痛みというよりは、頭の中に何かが無理矢理入り込んでいる感じだ。

「リクくん！」

「リ、リックくん！」

「おいおい、今度はリックかよ！　いったい何があったんだ」

この痛みは、以前白い空間で味わったものと同じだ。

「はるな……隣の家……幼なじみ……トラック」

こ、これは……

失っていたリクとしての記憶が頭の中へ入ってくると、自然と頭痛が消えていった。

「はあ……はあ……ふうぅ」

俺は荒くなった呼吸を整え、ゆっくりと立ち上がる。

「リクくん大丈夫！」

「ああ、大丈夫だ。ちょっと頭痛がひどかっただけだから」

「ちょっとって感じじゃなかったよ！　お医者さんに見てもらった方がいいよ」

もう俺の頭に痛みはない。それより今は確認しなくちゃならないことがある。

「ラフィーネさん、申し訳ありませんが、ルナさんと二人っきりにしてもらってもいいですか？」

「それは構いませんが、リックくんは大丈夫なの？」

「ええ、もう痛みはありません」

「わかりました。あなたのことだから何か事情があるんでしょ？　シオン、テッド、私達は外に出るわよ」

「「はっ！」」

シオンさん達はラフィーネさんの命令に従い、部屋を出ていく。

そしてこの場には俺とルナさん、そして寝ている少女だけとなった。

「リクくん、ここはどこなの？　あの人達は誰なの？」

記憶が完全に戻った今ならわかる。この娘ははるな。前の世界で俺の家の隣に住んでいた幼なじみだ。

ルナさんは俺と同じように、はるなの記憶とルナの記憶が融合していないのか？　それとも自分が死んだことが受け入れられなくて、ルナの記憶を封印してしまっているのか？　とにかくどこまでルナさんが覚えているのか聞いてみるしかないな。

「はるな、信じられないかもしれないけど、ここは前にいた世界じゃない。よく小説やアニメに出てくる異世界なんだ」

「ここが……異世界？」

確かはるなとは一緒にアニメとか見ていたから、異世界という言葉が伝わるはずだ。

「信じられないか？」

「うん……でもリクくんは私に嘘をつくようなことしないから」

「はるなは、その……前にいた世界のことどこまで覚えているんだ？」

アルテナ様の話だと、俺は暴走するトラックから誰かを――はるなを守ろうとしたけど、結局はるなは死んでしまったと言っていた。記憶が定かではない中、もし自分は死んでこの世界に来たなんて伝えたらパニックを起こしてしまうかもしれないので、今は言うことはできない。

「そんなに悲しそうな顔しないで。ごめんね、せっかくリクくんが守ってくれたのに私、死んじゃった」

「覚えているのか？」

「うん……でもよかった。リクくんと同じ……世界にこ……れ……て……」

はるなは微かな声でそう呟くと、目を閉じて床に倒れ込む。俺はすんでのところで何とか彼女を両手で受け止めた。

「はるな！」

呼び掛けるが返事はない。

はるなは大丈夫なのか？　一応呼吸はしているけど、突然意識を失ってしまったから心配でしょうがない。ここは一度ベッドに寝かせてラフィーネさん達を呼ぶか。

とりあえずはるなを抱きかかえベッドに横たわらせると、突然俺の名前を呼ぶ声が聞こえてきた。

「リック、聞こえますか？　アルテナです」

「アルテナ様？」

俺は周囲を見回す。しかし部屋には誰もいなかった。

ここは白い空間じゃないのに何故アルテナ様の声が……

「今は、ルナの身体を借りて話をしています」

「ルナさんの⁉」

確かに声はベッドの方から聞こえてきた。本当にアルテナ様なのか？

「今回は時間がないので手短に話します。はるなの記憶が戻ったのは、先程ルナが十六歳の誕生日を迎えたからです」

「そういえば、本当は俺も十六歳になったら記憶が戻るはずだったけど……あれ？　もしかして今日って俺の誕生日じゃないか」

「ええ、だから先程あなたの記憶も完全に戻ったのです」

まさか、俺とルナさんの誕生日って同じ日だったのか。

「そしてルナは、はるなの記憶を取り戻すはずだったのですが、自分が死んだことと……リクがいないことに絶望して錯乱（さくらん）してしまったようです。ですが既に処置は施（ほどこ）したので、目が覚めた時にはルナとはるな、両方の記憶が蘇（よみがえ）っているでしょう」

そうか。とにかくこのまま待っていればルナさんの目が覚めるなら安心だ。

だがその前に……

「何でルナさんがはるなだって教えてくれなかったんだ。はるなも異世界転生者なのか？　どうしてアルテナ様はルナさんの身体を使って話せるのか、答えてくれ！」

もし悪ふざけではるなのことを教えてくれなかったとしたら、さすがに性格が悪すぎる。

「そんなに怖い顔をしないの。神の世界には制約があるから、話せないこともあるのよ。私が何故ルナの身体を使って話せるかは鑑定スキルを使えばわかるわ。それとその少女は絶対に守って……あげ……て……」

突然アルテナ様の声が途切れ途切れになり、聞こえなくなる。アルテナ様は時間がないと言っていたから、話せるタイムリミットが来てしまったのだろうか。

その少女とは俺が助けた子のことを言っているのだろう。

絶対に守ってあげて……か。この少女にはやはり何か秘密があるようだ。とにかく今はアルテナ様の言葉に従ってルナさんのことを調べてみよう。

ルナさんに鑑定スキルを使うと、以前視た時とは三つ内容が変わっていることに気づいた。

名前：ルナ
性別：女
種族：人間
レベル：22／100
称号：商会の代表者・ズーリエの街の代表者・異世界転生者・むっつりスケベ・聖女
好感度：A＋
力：58

素早さ：１０２
防御力：６７
魔力：１２３２
ＨＰ：１０１
ＭＰ：３０２
スキル：魔力強化Ｃ・簿記・料理・掃除・神降ろし
魔法：神聖魔法クラス４

前回鑑定で視た時は称号に【？？？】があったけど、異世界転生者に変わっている。そしてアルテナ様がルナさんの身体を使って話すことができたのは、聖女の称号とスキルの【神降ろし】があったからだろう。

神様をその身に宿す神降ろしを使えるなんて、これはルナさんが異世界転生者だからなのか？

それと俺とは違って【女神の祝福を受けし者】の称号がない。アルテナ様はルナさんの異世界転生には関与していないのか？　それについてはまたアルテナ様に会った時に聞いてみるとしよう。

そして俺は次に少女に向かって鑑定のスキルを使用する。

名前：リリナディア
性別：女
種族：魔族
レベル：38／350
称号：魔王の卵・アンラッキー・不幸の招き手
好感度：E
力：128
素早さ：201
防御力：562
魔力：2321
HP：1032
MP：1321
スキル：魔力強化B・轗軻数奇(かんかすうき)
魔法：暗黒魔法クラス3

「ま、魔王の卵！」

俺はリリナディアのステータスを視て思わず声を上げてしまう。一応声は抑えたけど外に聞こえてないよな。

俺は探知スキルで外にいるラフィーネさん達を視てみたが、特に驚いている様子はなかった。俺の声は外に漏れていないのだろう。

魔王って、過去にこの世界を滅ぼしかけた存在だよな！

可愛らしい顔で寝ているがこの子は魔王……今はまだ卵と記載されているから脅威ではないかもしれないけど、成長すればいずれこの世界を……

今この子は寝ているため無防備だ。

——後に災いの種となるならいっそのこと……

俺はベッドに近づき、リリナディアを見下ろす。

リリナディアは額に汗を浮かべているが、呼吸は整っており、スヤスヤと眠っていた。

今なら簡単に命を奪うことができる。

出会った時の傷の多さや称号から、リリナディアは決して幸せな人生を送っていたわけじゃないだろう。

俺は眠っているリリナディアに手を伸ばす。

そして乱れている髪の毛を直し、頭を撫(な)でた。

いくらこの子が魔王の卵だとしても、将来人間の敵になるかもしれないとわかっていても、まだこの子のことを何も知らないのに手にかけることなどできない。

それに、アルテナ様から必ず守ってあげてって言われているしな。だけどもしアルテナ様が悪い女神だったとしたら、俺は悪に加担することになってしまう。

「失礼なことを考えているわね」

突然背後から声が聞こえ、枕（まくら）が飛んできたので俺は手で受け止める。

「ルナさん？」

しかしルナさんはまだ目を覚ましておらず、ベッドの枕だけがなくなっていた。

まさかとは思うけど、俺が悪い女神だったらって考えたことをアルテナ様が読んで、ルナさんに乗り移り枕を投げてきたのか？　そんなどうでもいいことに力を使うくらいなら、もっと色々聞きたいことがあるんだが。

俺はアルテナ様のしょうもない行動に呆れるしかない。

とにかく今はルナさんとリリナディアが起きるのを待つしかないな。

そうと決まればリリナディアを医者に診（み）せたいところだけど、魔族ってバレたら大変なことになってしまう。魔族は過去、人間を襲った魔王に加担した存在だから今でも恐れられている。でも見た目は普通の人間っぽいから大丈夫か？　ここは自己判断しないで、一度ラフィーネさんに相談するか。ちょうど部屋の外で待っているしな。

俺はドアを開け、ラフィーネさんに声をかける。

「ラフィーネさん、ちょっといいですか？」

「ルナさんは大丈夫？」

「今は寝ています。それでラフィーネさんと二人で話したいことが……」

「いいわ。お医者さんが来るまで中で話しましょう。二人はここで待っていて」

ラフィーネさんは話が早くて助かるな。

シオンさんとテッドを信用していないわけじゃないけど、リリナディアについて知っている人は少ない方がいいだろう。

ただルナさんに余計な負担をかけないためにも、異世界転生者については黙っていよう。まあ言っても信じてもらえない可能性の方が高いと思うけど、話すにしてももう少し落ち着いてからにするべきだな。

俺はラフィーネさんを部屋の中へと招き入れた。

だが本題に入る前に……

「ラフィーネさん、これから俺が何を言っても大きな声を出さないでくださいね」

「それは大声を出せっていう振りかしら？」

「違いますから」

芸人か！　と突っ込みたいところだけど、リリナディアの状態が気になるので黙っておく。

「怖い顔しないで。いい男が台なしよ。それで、何かしら？」

「実はこの子なんですけど……魔族みたいです」

「魔族？　初めて見たわね。昔魔王が勇者様に破れたことによって、魔族は辺境に追いやられたと聞いたことがあるけど……人とあまり変わらないのね」

確かに禍々しい感じがリリナディアからは感じられない。むしろ魔王化したハインツの方が魔族っぽい気がする。

「それがリックくんが伝えたかったこと？　そのくらいのことで冷静沈着な私を驚かすことはできないわよ」

「いえ、本題はこれからでして……」

「魔族より驚く情報を聞かせてもらえるのかしら」

魔族と聞いて狼狽えないなんて、さすが元勇者パーティーだな。これなら魔王と伝えても大丈夫そうだ。

「この子は魔族の中でもその……王様というか……」

「えっ！　そ、それってまさか……」

「はい。魔王みたいです」

「ま、まお！　もごもご」

ラフィーネさんが約束を破って大きな声を上げたため、俺は急いで右手で口を塞ぐ。

何が冷静沈着だよ！　滅茶苦茶大声を上げているじゃないか！

「ラフィーネ様！」

主の叫び声を聞いて、シオンさんとテッドが部屋に乱入してくる。

「リ、リックお前まさか……」

二人に会話を聞かれたか！　それならもう素直にシオンさんとテッドにもリリナディアのことを話した方がいいかもしれない。

ところがテッドはとんでもない勘違いをし始めた。

「リック……ラフィーネ様だけを部屋に入れて怪しいと思ったけど、まさかお前……」

ん？　何か変な風に話が逸れていないか？

「襲うつもりだったのか！」

「どうしてそうなる！」

こいつは何を言っているんだ！　確かにラフィーネさんは綺麗だけど、横に女の子が二人寝ているのにそんなことするか！　いや、この状況じゃなくても襲わないよ！

「いや、私にもそう見える。リックくんがラフィーネ様の口を塞ぎ、そして……」

シオンさんも険しい顔をしている。

確かに客観的に見るとそのような体勢になっているけど、濡れ衣だ。

「そ、そうなの……初めて見た時から、絶世の美女であるラフィーネさんに心奪われてしまいましたって突然襲ってきて……」

「そんなこと言ってないです！」

ラフィーネさんが両手で顔を覆い、泣いているふりをし始めた。

しかも自分のことを絶世の美女とか言ってるし。

「だが一時の感情に任せて行動するのはよくないと思うぜ。ラフィーネ様は行き遅れだし、お転婆だから、お前に乗りこなせるか怪しいものだ」

おいおい、主に向かってそんなことを言っていいのか？　どうなっても知らないぞ。

「テッ～ド……行き遅れ？　お転婆？　誰のことを言っているのかしら？」

ひぃっ！　ラフィーネさんが鬼の形相となってテッドに詰め寄っている。

「えっ、いや、その……」

さすがに今のラフィーネさんの状態を見て、テッドは恐れをなし、まともに喋ることができなくなっていた。

「少しお仕置きが必要のようね。いっぺん、死んでみる？」

ラフィーネさんから放たれた右のストレートが、テッドの顔面に突き刺さった。


「リックくん、この子について詳しい話を聞かせてちょうだい」

ラフィーネさんは、テッドがぼろ雑巾のように転がっていることを気にも留めず、リリナディアのことを聞いてくる。

「それと、よければ先程の話をシオンにも聞かせてもらってもいい？　シオンは信頼が置ける人よ……一応そこに転がっている人も」

だがテッドは既に意識を失い虫の息だ。どう見ても話が聞けるような状態じゃない。

ま、まあそのあたりは、ラフィーネさん達が後でテッドに話をしてくれればいいか。とにかく俺はこの問題には関わらないようにしよう。

「わかりました。ここだけの話にしていただきたいのですが、この子は魔王です。正確には魔王の卵ですが」

「バ、バカな！　魔王は勇者によって倒されたはず！」

「ですが事実です」

「その根拠はなんだ。この娘はまだ意識がないのだろう？　何故リックくんはそのようなことを知っているんだ……はっ！　まさか……」

「はい。以前にもお話ししましたが、俺には鑑定というスキルがあります。このスキルによって相手の名前や能力、称号などを視ることができるので、この子が魔王の卵だと知ることができました」

「称号！　何か心がくすぐられる響きね。ちなみに私にはどんな称号があるのかしら」

「えっ？」

ラフィーネさんの称号だと！　それをこの場で言ってもいいのか？

「ほら、早く教えて。とても気になるわ」

「え～と……【サラダーン州の代表者】」

「まあ当たり前の称号ね。他には？」

「【好奇心旺盛】」

「確かにラフィーネ様は好奇心旺盛ですね。少しは自重していただきたいものです」

「う、うるさいわね」

ラフィーネさんも自分が好奇心旺盛なのがわかっているのか、シオンさんの言葉に少し狼狽えている。

「それで終わり？　他にももっとすごい称号があるわよね？」

残り一つの称号を言うべきか言わないべきか。あまりいい称号じゃないからな。

「なるほどね。皆が驚愕する称号が残っていて言うことができないといったところかしら」

ラフィーネさんが何故か得意気に話し始める。

いや、ある意味予想どおりの称号だからこそ口にしにくいのだが。

「リックくん、今度こそ驚いて声を上げるようなことはしないから教えてくれる？」

「そこまで言うなら。ラフィーネさんの最後の称号は……」

「「称号は？」」

ラフィーネさんとシオンさんが息を呑むのがわかる。でもそこまで引っ張る内容でもないのでさらっと口にする。

「【お転婆】です」

「「【お転婆】!?」」

ラフィーネさんは約束を破って、さっきより大きな声を上げる。

魔王のことより、自分の【お転婆】の称号の方に驚くとは。

「た、確かに……ラフィーネ様が持っていても……おかしくない称号……ですね」

シオンさんは笑いを堪えながら話をしている。

「だ、だから……言っただろ……行き遅れでお転婆だって……」

そして虫の息だったテッドも、床に倒れたまま喋っている。それが最後の言葉になるとも知らずに。

グシャ！

ラフィーネさんがテッドの頭を踏みつけた。

「あら？　地獄に落ちたと思っていたのに、まだ現世にとどまっていたのね」

こ、怖い……今のラフィーネさんは皇帝陛下並の殺気を放っているぞ。ラフィーネさんの前で行き遅れとお転婆という言葉は、二度と口にしない方がよさそうだな。

虫の息だったテッドは完全に沈黙してしまい、このままだと本当に死んでしまう可能性があったので、俺は仕方なく回復魔法（ヒール）で治療をすることにした。

「マジで死ぬかと思ったぜ。ラフィーネ様に踏みつけられた瞬間、今までの人生が走馬灯（そうまとう）みたいに見えたからな」

「大丈夫かしら？　口は災いのもとと言うし、発言には気をつけた方がいいわよ」

「ひぃっ！　わ、わかりました」

ラフィーネさんの目が笑っていない圧力がこもった笑顔に、テッドは恐怖で悲鳴を上げている。

まあこれはテッドの自業自得なので俺は庇うことなどしない。こっちに飛び火しても困るしな。

「それでこの娘はどうするの？」

「ん？　こいつがどうしたんだ？」

「この娘は魔王なのよ」

「へえ～」

テッドは魔王という言葉を聞いても驚くことはなく、平然としていた。

「魔王よ魔王！　テッドは怖くないの？」

「そりゃあ怖えけど、さっきのラフィーネ様の方が……いや、ラフィーネ様やシオン、それにリックがいるから大丈夫だろ」

一応俺のことも信用してくれていたんだな。それと、最初に言いかけたことを最後まで口にしなかったのはいい判断だ。また回復魔法(ヒール)をかけなくちゃならないところだった。

「意外に落ち着いてるのね」

「何も考えていないだけかと思いますが、それがテッドの長所でもあります」

確かに予想外の出来事が起きた時に冷静でいられるのは強みだな。

「話は戻るけど、この娘はどうするの？」

「俺が守ろうと思っています」

「えっ？　でもこの娘、魔王なのよね？」

「ええ、ですがアルテナ様から直接……いや間接的に守るように言われているので」

「アルテナ様に⁉　どうやってアルテナ様とお話を！」

「それは――」

リリナディアを確実に守るためにはアルテナ様の名前を出すしかない。俺はラフィーネさん達にルナさんの神降ろしについて話した。

「神降ろし⁉　ということはアルテナ様とお話しできるということなの！」

「できると思いますよ。ただアルテナ様がいつ現れるかはわかりませんけど」

ラフィーネさんは少し興奮気味だ。これまでの言動を見ている限り、ラフィーネさんはアルテナ様の信者っぽいし無理もないか。

「聖女……確か魔王を倒した勇者パーティーの中にそう呼ばれている者がいたはずだ」

シオンさんの呟きに、ラフィーネさんが頷く。

「アルテナ様を信仰する神聖魔法教会にとっては、喉から手が出る程欲しい人材ね」

過去の勇者パーティーに聖女がいたのか。前の世界の小説やアニメでも、聖女は特別な存在だったからおかしな話ではないのかな。

「ただアルテナ様がその身に宿ったせいか、記憶が混乱しているようなので、しばらくそっとしてあげた方がいいかと」

「そうね。リックくんの言うとおりだわ」

さすがに異世界転生のことは言えないので誤魔化した。

ルナさんの目が覚めた時に記憶がちゃんと融合しているといいんだけど。これはアルテナ様の言葉を信じるしかないな。

「それとリリナディアを診てくれるお医者さんですが……」

「リリナディアさんをお医者さんに診せるのは、もう少し様子を見てからにしましょう。もし魔族だとバレてしまうと、大惨事になってしまう可能性があるわ」

確かにラフィーネさんの言うとおりだ。診てもらう医者の口が固いとは限らないからな。

「わかりました。もう少し様子を見て、体調が戻らない時は医者に診てもらうようにしましょう」

「それがいいわね」

それによくよく考えてみると、人間と魔族の発熱に対する処置の仕方は違うかもしれない。普通の医者に診せても意味ないかもしれないしな。

「それじゃあ、ルナさんとリリナディアさんのことはリックくんに任せてもいいかしら」

「どこかに行かれるんですか？」

「戦いの事後処理をね」

戦いが終わったとしても、サラダーン州の代表としてやることはたくさんあるようだ。

「被害の確認、ザガト王国への抗議、防衛の準備、タージェリアの代表者と会談、グランドダイン帝国へお礼の書簡を出したり他にも色々とね。リックくんも手伝いたい？」

「お断りします」

「即答するなんてひどい人ね」

いやいや、どう考えても俺ができることじゃないでしょ。

「けど、リックくんがエグゼルト皇帝陛下を援軍として連れてきてくれて本当に助かったわ」

「そうですね。まさに一騎当千の活躍で……皇帝陛下が大剣を振るう度に嵐が巻き起こり、ザガト王国の兵達を軽々と吹き飛ばしていました」

「ザガト王国の奴らが必死になって逃げ出している様は痛快だったぜ」

年月は経っていたとしても、ザガト王国の兵達は忘れていなかったのだろう。過去に皇帝陛下の手によって千人の兵を全滅させられたことを。

しかも今回敵が何千といたことで、起死回生のスキルによる強化の比率は、俺と戦った時より高かったんだろうな。もう二度と戦いたくないが、もしエグゼルト皇帝陛下と戦う時は、一人もしくは少人数で戦うのが望ましい。

「皇帝陛下の力を間近に見てとても脅威に感じたわ。でも、リックくんは決闘をして勝ったんでしょう？」

「確かに。ラフィーネ様が仰るとおり、リックくんが皇帝陛下に勝ったから援軍に来てくれたと聞いたぞ」

「マジかよ！　リックはあの化物に勝ったのか？　ならリックはそれ以上の……」

何だか三人の俺を見る目に恐れがあるような……

「いやいや、一人で勝ったわけじゃありませんからね。援軍の中にいたエミリアが加勢してくれたからですよ。知っているでしょ？　剣の天才と呼ばれているエミリアを」

「確か剣聖とも呼ばれていたわね」

「なるほど。二人がかりで勝ったというわけか」

「けど、エミリア様はけっこうなお転婆らしいな。誰かと同じように」

そしてテッドはチラリとラフィーネさんに視線を向ける。

こ、こいつはこりもせずに。もう何をされても俺は知らないからな。

「テッ～ド……どうやらもう一度地獄に戻りたいようね」

「俺は正しいことを言っただけだろ。何故なら称号で証明されているからな」

「言いたいことはそれだけかしら？」

ラフィーネさんから殺気が漏れ始める。

「へっ、さっきのように殺られてたまるか！」

「あっ！　こら！　待ちなさい！」

そしてテッドは部屋の外へと逃げ出し、ラフィーネさんはそれを追いかけていった。

「やれやれ……テッドさんは空気が読めないようですね」

「リックくんにはそう見えるかもしれないけど、意外にテッドも人の気持ちを考えているところがあるんだ」

「本当ですか？」

とてもじゃないがシオンさんの発言を信じることができない。初対面でズーリエをショボい街発言したあのテッドだぞ。

「実は公に発表はされていないが、このタージェリアの街は勇者ケインが失踪した場所なんだ」

勇者ケイン？　それってラフィーネさんがパーティーを組んでいた人か？

「ケイン様はラフィーネ様のパーティーメンバーであり……かつての恋人だった」

恋人か。確かにラフィーネさんは多少お転婆かもしれないけど、綺麗だし親しみやすいし、結婚していてもおかしくない。もしかして今でも勇者ケインを想っているのかな？

「我々がジルク商業国内を旅しているのは、困っている人達を助けるということが主な理由の一つだが……もう一つ、ケイン様の行方を追うという意味もある」

恋人が突然いなくなる、か。そのような経験をしたことはないが、もし俺が同じ立場だったら、ラフィーネさんと同じように恋人を捜すだろうな。

「長年一緒にいる私やテッドにしか気づけない程度だが、タージェリアに来てからのラフィーネ様は心に余裕がないように感じる」

数回会った程度の俺がわからないのは当たり前か。

「だからテッドは、ラフィーネ様がケイン様のことを深く考えすぎないようにわざと茶化す言い方を……」

確かにズーリエでは、ラフィーネさんに対してあのようなことは一切口にしてなかったな。

「それにしても、行き遅れは言いすぎだと思いますけどね」

逆にその言葉で勇者ケインのことを思い出してしまうような気がするが。

「まあそれはテッドなのでな……あいつも不器用だから」

「そうですね」

今日はテッドの意外な一面を知ったな。俺を信用してくれているところや、人を気遣うことができるところとか。普段の言動がその人の全てではないということか。

「ばばあが何を言ってやがる!」

「ばばあ!　私はまだ二十二よ!」

「二十二は俺にとっちゃばばあだよ!」

ラフィーネさんとテッドの聞くに堪えない言い合いが廊下から聞こえる。

「さて、そろそろ私も向かうか」

シオンさんが動じることもなく部屋の外へと行き、二人を叱りつける声が辺りに響き渡った。

「賑やかな人達だ」

とりあえず外にいる人達は放っておいて、俺は二人の目が覚めるのを待つか。


一時間後。

「う、う〜ん……ここは……」

二人の眠り姫のうちの一人の目が覚めた。

「……ルナさん？」

俺は目覚めたルナさんが、はるななのかルナさんなのかわからず、名前を呼ぶのを躊躇してしまう。

「私……倒れて……」

「大丈夫ですか？」

「……リクくん……ううん、リックさん」

どうやらアルテナ様の言ったとおり、二人の記憶が融合しているようだ。

「一応この世界だとリックだけど、二人の時はリクでもいいよ」

「それじゃあリクくん、助けてくれてありがとう」

「あ、ああ……どういたしまして」

まさかいきなりお礼を言われるなんて思わなかった。

リク……かあ。ルナさんにとっては、前の世界の人格の方が色濃く残っているのかな。

「ルナとして初めて会った時、何故かリクくんに懐かしさを感じたけど、当たり前のことだったんだね」

「はるなも？　実は俺もなんだ。ルナさんにはどこか他の人とは違う雰囲気を感じてた」

前の世界からの知り合いだし、当然のことだったんだな。

「リクくん……また会うことができて本当に嬉しい」

「俺もだよ」

はるなが俺の胸に顔を埋め、抱きしめてきたので俺も抱きしめ返す。

温かい。

今さらながらルナさんを守ることができてよかった。ルナさんを失うということは、はるなも失う意味になる。俺は大事な人を一度に二人も失くしてしまうところだったんだ。

「私、前の世界でもこの世界でも、リクくんに助けられてばかりだね」

「そんなことはないよ。俺だってルナさんにもはるなにも助けられているし、何よりこの世界に二人がいてくれるだけで嬉しい」

「でも……力は足りないかもしれないけど、私もリクくんの役に立ちたいの」

俺の胸に顔を埋めていたはるなは一度離れ、まっすぐに俺の目を見つめてくる。

そういえばはるなもルナさんも他人のために動くことができる人だ。二人の性格が似ているのは、同じ魂を持っているからなんだろう。

ん？　性格が似ているということは、もしかしてはるなもむっつりスケベだったということか！　だけどそのことはもう知るよしはないな。少なくとも目の前にいるルナさんはむっつりスケベで確定している。

「それならこの子……リリナディアを一緒に守ってほしい。リリナディアは魔族で魔王の卵だから、おそらく人間のことを嫌っていると思うんだ」

ザガト王国が捜していたのは、たぶんリリナディアで間違いないだろう。無数にあった身体の傷は、王国の人間がつけたと考えるのが自然だ。たとえ俺達が関わっていなかったとしても、そんなことをした人間に憎悪を抱くのは当然だろう。

「ルナさんもはるなも、他人と仲よくなるのが得意だろ？　この子を守るにしても、まずは信頼してもらわないと始まらないと思うんだ」

「わかりました。私に任せてください」

はるなは魔王と聞いても動じない。もしかしたら、アルテナ様が乗り移っている時の記憶があるのかもしれないな。

リリナディアが起きるまでの間、俺達は前の世界の話で盛り上がり、いつの間にか時が過ぎていった。


はるなと数時間話をしていたが、リリナディアは依然寝ており、起きる気配がない。

それだけ疲れているのか、それとも何か他の要因があるのか、俺にはわからない。

「熱は下がってきていますね」

ルナさんは、リリナディアの額に置かれている濡れたタオルを交換しながら言った。

確かに呼吸は整ってきているし、顔色もよくなっている。この様子だと医者は呼ばなくても大丈夫かな？

後は目が覚めてくれればいいのだが。そういえば魔族ってどういうものを食べるのだろうか？

俺達と同じだといいけど。

「うぅ……」

俺達の願いが通じたのか、突然リリナディアは呻き声を上げ、そしてゆっくりと目を開けた。

「リックさん、女の子が」

ルナさんにはリリナディアの名前を言わないように話してある。教えていないのに名前を知られているとわかると、警戒されてしまうからだ。下手をすると、ザガト王国の奴らの仲間だと思われかねないしな。

リリナディアは完全に目を開けると、周囲を確認するように視線を左右に動かす。

だが俺とルナさんがその視界に入ると……

「いやっ！　来ないで！　これ以上血を取らないで！」

リリナディアは突然ベッドから出て、部屋の隅まで走り出す。

血？　どういうことだ？　リリナディアはザガト王国で血を取られていたのか？

とにかく今はリリナディアを落ち着かせないと。これ程興奮している状態だと話を聞くこともできない。

「俺達は倒れていた君をここに連れてきただけだ。ザガト王国の奴らの仲間じゃない」

ここであえて関係があるか見極めるために、ザガト王国という言葉を入れてみた。もし関係があるなら何らかの反応をしてくるはずだ。

「ザ、ザガト王国の人達じゃない？　だ、だけど人間は信用できない！」

今の言葉で、リリナディアはやはりザガト王国から逃げてきたことがわかった。まずは奴らと俺達は違うということをわかってもらいたいところだけど、やはりというか、リリナディアは人間を信用していないようだ。

どう対応していいか迷っていると、背後にいたルナさんが前に出る。

「私はルナと言います。私達はあなたが街の外で気を失っていたのを見つけて、ここに運びました。お身体の具合はいかがですか？」

リリナディアとの距離を詰めるのは、俺よりルナさんの方が適任だと思う。ここは任せることにしよう。

「か、身体？　別に問題ない」

「それはよかったです。傷もよくなりましたね」

「き、傷？　何もない……何もない!?」

リリナディアは自分の身体を見ながら驚きの声を上げている。

「な、何で……古い傷もなくなってる」

「こちらのリックさんが魔法で治療してくれました」

「そ、そんな魔法……聞いたことない」

「私達を、人間を信用してくださいとは言いません。ただお話をさせていただけませんか？」

「………………」

リリナディアは黙って何かを考えている。少しはこちらに対する警戒を解いてくれたのかな？

やはりルナさんに任せて正解だったようだ。

「わ、わかった……話だけなら……」

俺とルナさんは二つあるベッドのうちの一つに座り、リリナディアはもう一つのベッドに腰を掛ける。

「な、何を聞きたいの？」

リリナディアはこちらの問いに答えると言ってくれたが、瞳には俺達に対する恐れの色があるような気がする。

そもそも体調が戻っているのなら、いつでも逃げられるんじゃないか？

鑑定スキルを使った結果、それなりの能力はあるように見えた。少なくともハインツ以外のザガト王国の兵士に負けるとは思えない。暗黒魔法という聞いたことのない魔法も使えるようだしな。

もちろん数の暴力で攻撃されたら厳しいとは思うけど……

まさか全力で戦えない理由があるのか？　そう考えると、一番疑わしいのは左手に巻かれた鎖だな。まずは俺達への不信感を失くしてもらうためにちょっと聞いてみるか。

「その左手の鎖は何か意味があってしているのか？」

「く、鎖？」

予想外の質問だったのか、リリナディアは驚いているように見える。

「こ、これは私を拘束する意味と……魔法を使えなくする効果があって……」

俺はすぐに鎖に向かって鑑定スキルを使ってみる。


封印の枷(ふういんのかせ)……鋼でできた鎖。束縛された者は魔法を使用することができなくなる。品質E、金貨五千枚の価値がある。


これはかなり使えるアイテムじゃないか？　鎖で繋げば魔法を使う奴を無力化することができるなんて。鍵穴があるから、鍵があれば封印の枷を外すことができそうだ。

だけど鍵はおそらくザガト王国の奴らが持っているのだろう。

それにしても封印の枷を外したいなら、魔法が封じられていることを伝えなくてもよかったはず。俺達と話をする前にこの鎖を外してほしいと言い、外したら隙を突いて魔法で逃げることもできたと思う。

もしかしたらリリナディアは正直者なのかもしれない。正直者はバカを見る世界ではあるけど、俺はこういう子は嫌いではない。

「それじゃあまずはその鎖を外すことからやろうか」

「は、外せるの？　まさか、剣で腕ごと斬るつもり……」

　確かにその方法なら品質を落とさずに封印の枷を手に入れることができる。斬った後に切断した腕を魔法で治せばいいだけだからな。

　だけどそんな非道なことをできるはずがない。たとえ一瞬でもリリナディアに痛い思いをさせるなら、封印の枷など俺は必要ない。

「大丈夫。痛いことはしないからそのまま動かないで」

「う、うん」

　本当は剣でスパッと鎖を斬ることができればカッコいいけど、エミリアならともかく俺にはそんな技量はない。俺にできるのは力技だけだ。

「クラス2・剛力創聖魔法（クラフトジェネシス）」

　俺は創聖魔法を使って自分の力を強化する。

　そして僅かにある鎖の隙間と隙間に両手の指を入れて、思いっきり鎖を引っ張る。

「くっ！」

　思ったより固い……けど不可能ではないな。

　鋼など普通なら力を入れてどうこうできるものじゃない。だけど鑑定スキルで視た結果、封印の枷の品質はEだったから、かなり強度は低い。

こんな人を……いやリリナディアを苦しめる鎖など破壊してしまった方がいい。

俺は鎖に繋がれ過ごしていたリリナディアのことを想像し、もう一度力を入れて鎖を引っ張る。

すると辺りに金属音が響き、見事封印の枷を外すことに成功した。

「切れ……た。十年間私を拘束していたものがやっと……」

俺とルナさんはリリナディアの言葉を聞いて顔色を変える。

「君は十年間も鎖で……」

ザガト王国はリリナディアをそんなに長い年月拘束し続けたのか！

魔王だから、人類の敵だから何をしてもいいという考えは俺は嫌いだ。人にも嫌な奴がいればいい奴もいる。それは魔族だって同じはずだ。今回突然ジルク商業国に攻めてきたことといい、ザガト王国のやり方はとても容認できるものではなく憎悪を覚える。

「……ありがとう」

「えっ？」

「鎖を外してくれて……それと私のために怒ってくれて」

「それは……まあ」

リリナディアに、怒っていたことがバレてしまった。だって仕方ないだろ？　十年も鎖に繋がれて過ごすなんて俺には想像もできない。

この子が世に言われている魔王のような悪いことをしていないのなら、ザガト王国のやっていることこそ許せるものではない。

「そ、そういえば名前……」

「えっ？」

「名前を聞いていなかった。私は……リリナディア。あ、あなたは？」

「俺はリック。よろしくな、リリナディア」

「改めまして、私はルナです。よろしくお願いします」

少しはリリナディアと距離を詰めることができたかなと思ったが、それは俺の思い違いだった。

リリナディアがこちらをジーッと見ていたので、優しく笑みを返したところ、顔を背けられてしまったからだ。

「そう簡単にはいかないか」

「そんなことないです。リリナディアさんはリックさんと仲よくなりたいと思っていますよ」

ボソッと呟いた独り言にルナさんが反応してくれる。

「ほら、今だってリックさんの方をジーッと見てますよ」

俺は再びリリナディアに視線を向けるが、やはり目を逸らされてしまう。

「本当に仲よくなりたいと思っているのかな？」

「思ってます。私にはわかりますから……だって……」

「そ、それより他に聞きたいことは……何？」

ルナさんが何かを言いかけたけど、リリナディアに遮られてしまう。

「答えづらかったら言わなくてもいいから」

「わかった」

色々と気になることがあるけど、とりあえず今はリリナディアへの質問を優先する。

「リリナディアが捕まっていたのは、ザガト王国で間違いないかな？」

「うん……私は元々大陸の南西部にある島に住んでいたけど、突然王国の人達が来て……」

「攫っていったというわけか」

「そう……そしてこの鎖で繋がれ、十年間地下牢に閉じ込められていた」

ひどいことをする。少なくとも、勇者が魔王を倒してから魔族が悪さをしたという話はなかったはずなのに。

「さっき言ってたけど、そこで血を取られていたの？」

「……うん。毎日のように剣や槍で傷つけられ、私の血は奪われた」

「ひどい……何でそんなことを……」

それはもう拷問に近いものだな。前の世界のように針や献血セットなどないから、斬った箇所から流れた血を奪っていったというわけか。

「血を奪った理由はわかるかな？」

「それは……わからない。ただ進化を促すために必要なものの一つと……フェニシアという……人が……その人が……私の血を……」

リリナディアは言葉がたどたどしくなり、自分を抱きしめながら震え始めた。

「嫌！　もうやめて！」

そして血を奪われた時のことを思い出したのか錯乱し、叫び始めてしまう。

「大丈夫！　もう大丈夫だから」

そんなリリナディアの状態を見かねて、ルナさんはリリナディアを安心させるため抱きしめる。

「もう……大丈夫？」

「ここにはあなたに危害を加える人はいないから」

「そう……なの」

そしてその言葉を最後に、リリナディアは張りつめた糸が切れたように意識を失ってしまった。


リリナディアが意識を失ってから一時間後。

俺とルナさんがベッドで寝ているリリナディアの様子を見ていると、突然部屋のドアがノックされた。

「どうぞ」

俺が外にいる人に向かって声をかけると、ラフィーネさんが部屋に入ってきた。

「どう？」

ルナさんが椅子から立ち上がって頭を下げる。

「ラフィーネ様。先程は突然倒れてしまい申し訳ありませんでした」

「いいのよ。それより大丈夫？」

「大丈夫です。ご心配をおかけしました」

「元気ならよかったわ。それとリリナディアさんは……まだ寝ているようね」

「いいえ、先程一度目を覚まして……どうして傷だらけであのような場所にいたのか理由をお聞きしたのですが……」

「ちょっと触れてほしくないことを聞いてしまったみたいで……ルナさんが落ち着かせてくれてまた眠っているところです」

俺が補足すると、ラフィーネさんは静かに頷いた。

「やっぱりこの子には何かあるのね」

「ええ、リリナディアに聞いた話では――」

俺は先程聞いた、リリナディアがザガト王国に攫われたこと、そこで十年間血を取られていたこと、その血は何かの進化を促すのに必要なこと、フェニシアという言葉を口にしたことを伝えた。

リリナディアから聞いた内容を全て話すと、ラフィーネさんは俯いて黙ってしまう。

「ラフィーネさん？」

動かないラフィーネさんが心配になり声をかけてみるが、やはり反応がない。

疲れて寝てしまったのだろうか？　今日は戦いに事後処理にと忙しかったため、俺の話が長くて寝てしまってもおかしくはない。

「許せない！」

突然ラフィーネさんが机をバンッと叩き立ち上がった。

「こんなに可愛い子になんてことをするの！」

どうやらラフィーネさんは寝ていたのではなく、怒りに打ち震えていたようだ。

「魔王だから？　でも勇者が魔王を倒した後、魔族には手を出さないよう国家で決まっているのよ！」

「そうなんですか」

「ええ、各国のトップで共有している内容だわ。もしそれを破るとしたら、エグゼルト皇帝陛下だと思っていたけど」

失礼だが、あの戦闘ジャンキーの皇帝陛下ならありえない話でもない。俺より強いやつに会いに行く的な感じで、魔族に戦いを挑みそうだからな。

「でも勇者が魔王を倒した流れで、魔族を滅ぼすなんて話が出てもおかしくない気がしますけど」

「……確かに勇者様は魔王を倒したわ。でも実はその後すぐに勇者様も亡くなっているの。魔王の呪いによって」

「『呪い？』」

「ええ。厳密には呪いじゃないかもしれないけど、魔王を倒した直後に勇者様の身体に痣が浮かび上がり、一ヶ月後に亡くなったと本に記されているのよ。当時魔王を倒したことは、疲弊した民達にとっては復興に向けての最高に明るい話題となっていたわ。だから本当のことを言えなかったんじゃないかしら」

確かに実は引き分けで勇者も死にましたなんて言ったら、復興に向けてのやる気が削がれるのは間違いないな。

「魔王が消えたとはいえ……勇者様が死に、魔王側がこちらにとって未知の魔法やアイテムを所持していたことを考え、人間側はそれ以上攻め入ることはできないと踏んだの。そこで、互いに干渉しないという約定がなされたと聞いているわ」

「そしてその約定をザガト王国が破ったということか」

「長い年月をかけて人間は繁栄したけど、魔族は衰退していったのかもしれないわね」

「でもだからと言って、それでリリナディアを捕らえるなんて……」

リリナディアのいた土地は突然襲われたと聞く。前いた世界でも突然戦争をふっかけてきて、実効支配を行い領土や国民を奪っていく国があったな。当時ニュースで見ていたけど正直胸糞悪かったし、自分には何もすることができなくて悔しかった記憶がある。

「それで、事件の犯人だけど、一つ思い当たることがあるわ」

「えっ？　それはどういうことですか？」

「フェニシア……さっきリックくんはそう言ったわね」

「ええ、リリナディアはその言葉を口にして取り乱していました」

フェニシア……この言葉に何か意味があるのだろうか。どこかで聞いたことがあるような気がするけど……

「あの方ならリリナディアさんが取り乱すのも頷けるわ」

「あの方？」

ラフィーネさんの言い方からして、年上か身分が高い人だと予想できる。

あっ！　思い出した！　フェニシアとは……

「エグゼルト皇帝陛下の娘で、ザガト王国に嫁いで今は王妃になっている方よ。確か十年程前の出来事で、二人は幼かったから知らないのは無理もないわね」

そう。ラフィーネさんの言うとおり、フェニシアは皇帝陛下の娘だ。ただ、皇女という尊敬される立場だったけど、あまりいい話は聞かなかったぞ。

「ちょっと……いえ、かなり研究狂いの方で、人体実験の犠牲になった人が多くいたと聞いているわ。これは噂だけどフェニシア様は女性で身体を動かすことが得意ではなかったため、皇帝陛下から冷遇されていたみたい。人体実験をしていたのは、強力な兵士を作って皇帝陛下を見返すためだったんじゃないかって」

「そんな人だからリリナディアを攫ってもおかしくないと」

「私はそう見ているわ」

やれやれ。そのフェニシアという王妃はとんでもない人のようだ。どうしてそんな奴に限って権力を持っているのか、神様を恨みたくなる。

「進化、人体実験、フェニシア……もしかして魔物の魔王化は……」

「もしかしなくても、やっぱりザガト王国が行っていると考えた方がよさそうね」

クイーンフォルミ出現から始まった魔王化事件について、真相が見えてきたかもしれない。

こうして魔王化に繋がる情報を手に入れた俺達は、夜も更けてきたので、このまま役所の宿泊所に泊まることにした。

第十一章　渦巻く陰謀

ハインツがタージェリアから撤退した後、ザガト王国とジルク商業国の国境にて。

ザガト王国の元帥であるジノスは、一つの陣幕に呼ばれて地面に膝をつき、恐怖に震えていた。

「あなたは私の命令を覚えていますか？」

陣幕の中で戦場には似つかわしくない華やかなドレスを着た女性が、威圧的な声で軍の最高司令官であるジノスに向かって問いかける。

「も、もちろん覚えています」

ジノスは吃りながら女性の問いに答える。

女性の方が元帥より上の立場であることは、誰の目から見ても明らかだ。

「それなら私が命令したことをもう一度言ってもらえる？」

「そ、それは……」

「あなたは今私の研究する時間を奪っているの……早くしなさい！」

「は、はいぃぃぃぃっ！」

女性が叱責（しっせき）すると、まるでジノスは叱られた子供のように縮こまり、ポツリと口を開く。

「わ、私が仰（おお）せつかった任務は、我が国から逃亡した者を命懸けで捕らえること。そしてその逃亡者をフェニシア王妃のもとに連れてくる……ことです」

ジノスが対峙（たいじ）している相手……それはザガト王国の王妃であるフェニシアだった。

「ちゃんと覚えていたようで安心したわ……で？　リリナディアはどこにいるの？」

「それは、邪魔が入りまして……」

「邪魔？　なるほど……それで失敗したわけね」

「そ、そうなんです！　我が軍の邪魔をしたのはあのエグゼルト皇帝陛下でした！」

「エグゼルト？　あいつが？」

「一騎当千の強さを持つエグゼルト皇帝陛下が相手では、任務を遂行するのは困難でして……」

「ふ～ん……そう」

「はい、しかしグランドダイン帝国もジルク商業国も逃亡者の存在に気づいていません。すぐに隠密部隊を編成し、次は必ず逃亡者をフェニシア王妃のもとに連れて参ります」

「次？　その前に確認をしてもいいかしら？」

「は、はい……」

「あなたはあの糞親父（くそおやじ）に負けたの？」

「も、申し訳ありません。私の力不足です」

フェニシアはその言葉を聞いて何故か笑みを浮かべる。

「それなら次は負けないように強くならないといけないわね」

「は、はい！　精進(しょうじん)して次こそは負けないようにいたします」

「ふふ……そうね。あなたには期待しているわ」

ジノスはフェニシアの言葉を聞いて安堵する。だがそれは一瞬のことだった。

「けれど……あなたはいつ強くなるのかしら？」

「そ、それは……」

「そうだ、いいことを考えたわ。あなたを私の実験に協力させてあげる。実験が成功すればハインツみたいに短時間で強くなることができるわ」

「で、ですがその実験は確か……」

ジノスの顔から滝(たき)のような汗が流れ始める。フェニシアの言っている実験の成功率を知っているからだ。

「う〜ん……魔物では成功しているけど、人はもう何人死んだのかわからないわ」

フェニシアは自分の実験で死んだ者に対して罪悪感を抱かない。彼女は笑みを浮かべながらジノスを見つめる。

「さ、さすがにその実験をやるわけには……」

「大丈夫よ。一縷の望み？　一筋の光明？　というのを信じていればきっと成功するわ。あなた達そういう言葉が大好きでしょ？」

「せ、成功するのは奇跡ということですか」

「一度成功しているから奇跡じゃないわ。寝ていれば終わるから安心して……起きたら地獄にいるかもしれないけど」

　ジノスにとってはフェニシアの言葉はとても安心できるものではない。人の生死を、まるで世間話でもするかのような軽さで口にする姿に、恐怖を覚える。

　このままでは自分は殺される。そう思ったジノスは一つの決断を下す。

「あなたのこれまでの行いには目を瞑ってきましたが、これ以上は看過できません。ザガト王国で起きている人攫いの犯人はあなただということはわかっています」

　ここ数年ザガト王国では、突然人が行方不明になる事件が増えていた。その犯人はフェニシアで、理由は人体実験を行うためだということをジノスは知っていたのだ。

　ジノスは剣を抜きフェニシアへと向ける。

「わ、私を殺すつもり？　あなたもただでは済まないわよ」

「元より命は捨てるつもりだ。だがあなたの非人道的な行いは許すわけにはいかない。王国の未来のために死んでいただく」

ジノスはどうせ死ぬなら、せめて意味のある死をと思い、フェニシアに斬りかかる。

だが残念ながら、その刃がフェニシアに届くことはなかった。

突然ハインツがフェニシアの背後から現れ、ジノスの剣を持った右腕を両手で抑えたからだ。

「くっ！　いつのまに！」

ジノスはハインツの両手から逃れようと右腕に力を入れるが、まったく動かない。

「姉上、何ですかこの茶番は」

「一度怯（おび）える王妃というものをやってみたかったの。この人があまりにも必死だったから、途中で笑いをこらえるのが大変だったけど」

「おのれ！」

ジノスは動かない右腕の代わりに、右足でハインツの顔面に向かって蹴りを放つ。だが逆に軸足である左足をハインツの右足で払われ、地面に倒れてしまう。

「ちょっと殺しちゃダメよ。一度屈強な男を魔王化できるか実験してみたかったの。王妃である私に襲いかかってきたのだから、これで私のモルモットにする大義名分（たいぎめいぶん）もできたしね」

「貴様！　私をはめたのか！」

「はめたなんて人聞きが悪いわ。あなたが勝手に剣を抜いたんでしょ。まああなたは目障（めざわ）りだった

から、どのみち処分するつもりだったけど」

「どういうことだ！」

「タージェリアの街を滅ぼしてからリリナディアを捜せばよかったものを、下民達には手を出さず、結局後から来たジルク商業国とあいつにやられて敗走なんて笑えないわ。せめて下民達を人質にして敵を殺すとかできなかったわけ？　その下らない正義感に虫唾が走るのよ」

「こ、今回の侵攻は逃亡者を捜すためだけに行ったものだ。たかがその程度のことで、住民達に迷惑をかけることなどできない」

「だからあなたはいらないのよ。ハインツ、黙らせて」

この王妃、いやこの魔女は、ここで殺さないといつか国を滅ぼしかねない。

そう考えていたジノスだったが、ハインツのすさまじい威圧により動くことができない。

「俺もこの綺麗事を抜かすところがリックに似ていて気にくわなかった。このまま姉上の実験材料になるがいい！」

ハインツが地面に倒れているジノスの背中に向かって、拳を振り下ろす。

「ぐはっ！」

するとジノスは激痛に声をあげた後、意識を失ってしまった。

こうして数少ない正義はフェニシアに処分され、ますますザガト王国は混沌に陥るのであった。

ラフィーネさんとの話が終わった後。

太陽は完全に沈(しず)んで夜になっていたので、リリナディアの様子を見ることはルナさんに任せ、俺は隣の部屋で眠ることになった。

朝になって部屋を訪れた俺は、ルナさんにリリナディアのことを聞いてみた。

しかし、結局昨夜は目を覚ますことはなかったとのことだ。

「リリナディアさんはかなりうなされていました」

「そうですか」

十年も拘束され傷つけられたんだ。彼女はこれからも就寝する度に苦しめられてしまうのだろうか。何か楽しいことを経験してその悪夢を上書きできればいいけど……

だけど辛い記憶は、いくらその後幸せな人生を送ったとしても決して消えるものではない。

俺としては、ザガト王国の奴らに同じことをやり返してやりたい気持ちだ。

「んん……」

部屋を訪れて十分程経った頃、俺達は声が聞こえたのでベッドの方に視線を向ける。するとリリナディアが眠そうな目を擦りながら、起き上がっていた。

「お、おはよう……」

リリナディアは昨日と違って逃げることなく、こちらに向かって挨拶をしてきた。意識を失う前は錯乱していたけど、俺達のことはちゃんと覚えているようだ。

「おはよう」

「おはようございます」

俺とルナさんが挨拶を返すと、リリナディアは恥ずかしかったのか目を逸らしてしまう。

その場に静寂が訪れる。

昨日のことを聞くわけにもいかないし、うなされていたみたいだから「よく眠れた？」なんて言うわけにもいかないため、何を話せばいいのかわからない。俺は元々そんなにコミュニケーション能力は高くないからな。

「リリナディアさん、お腹は空いていませんか？　どんなものが食べたいですか？」

リリナディアは少なくとも昨日から何も食べていない。余計なことを考えていて、そのことは俺の頭になかった。さすがルナさんだ。

「あなた達……と同じで大丈夫。私達は肉や魚も食べるし野菜も食べる」

どうやら魔族と言っても俺達と食生活は変わらないようだ。それならば俺の出番だな。それに今後のことを考えると、ここで俺の料理を食べてもらった方がいいだろう。

「ちょっと調理場を借りてくるから待っていてくれ」

「お願いしてもよろしいですか？」

「任せてくれ」

俺はルナさんにサムズアップをして、役所にある調理場へと向かう。

昨日、ここの職員の方に調理場の使用許可は得ている。

調理場に到着してすぐに野菜、コンソメ顆粒、バター、塩、牛乳、鳥の肉、包丁、まな板を取り出す。

まずはニンジンとジャガイモの皮をむき、消化にいいように小さめに切る。

そして白菜と鳥肉を切って端に置いておき、フライパンでニンジンとジャガイモに火を通す。

鍋にバターをひき、鶏肉を炒めて色がついたら、先程フライパンで炒めた野菜と、切った白菜と塩を入れる。

そして牛乳とコンソメ顆粒も入れ、蓋をして十分程煮込めば、コンソメミルクスープの出来上がりだ。

俺はスープを器に入れて異空間にしまい、リリナディアとルナさんがいる部屋へと向かいドアを開ける。

「あれ？　ご飯を作りに行ったんじゃないの？」

リリナディアの不思議そうな声に、俺は微笑む。

「ああ、異空間にしまってあるんだ。今出すよ」

俺は異空間からスープを出し、ルナさんとリリナディアに渡す。

以前試してみたけど、どうやら異空間に入れたものに関しては時が進まないらしい。なのでスープは熱々のまま提供することができるのだ。

「いい匂い」

「これってコンソメミルクスープですか？」

「正解だ」

ルナさんならこのスープが何なのかわからなかったと思う。だけど、はるななならコンソメミルクスープを前の世界で食べたことがあるから、見抜いてもおかしくはない。

「どうぞ召し上がれ」

俺が促すと、リリナディアはゆっくりとスープをスプーンですくって食べる。

「お、おいしい……こんな味初めて」

リリナディアは顔をほころばせて、次々とスープを口に運んでいく。

「まさかまたコンソメミルクスープが飲めるなんて思わなかったです」

ルナさんの言いたいことはわかる。俺もリクとしての記憶が戻った時には、この世界の料理に絶望したからな。創聖魔法様様だ。

「おいしい……おいしい」

リリナディアは一心不乱にスープを飲み続けている。気に入ってくれたようで何よりだ。

「うぅ……本当においしいよぉ」

今度は涙を流しているが、これはスープがおいしいから泣いているわけではないとすぐに気がついた。

「ご、ごめんなさい。ちゃんとしたご飯を食べるのが久しぶりで……涙が……」

「リリナディアさん……」

そうだ。リリナディアは十年間鎖に繋がれていたんだ。痩せ細った体形からして、きっと満足な食事が与えられていなかったのだろう。

俺は改めてリリナディアを実験動物のように扱ったザガト王国の奴らに怒りを感じた。

「リリナディア……リリナディアはこれからどうしたい？　故郷に帰りたい？」

「……故郷は私が攫われた時に滅ぼされちゃったからもう……」

「それなら俺のところに来ないか？　ルナさんもいるし、毎日ご飯を提供することもできるぞ」

まだ信頼されてない俺がただ来いと言っても、リリナディアは来てくれなかっただろう。だからちょっとずるいかもしれないけど料理を作った。おいしい食べ物で胃袋を掴めば、俺のところに来てくれる確率が少しは上がるんじゃないかと思ったのだ。

「いいの？　私が行くと迷惑になるかもしれないよ」

「ザガト王国の奴らのことを言ってる？　大丈夫。こう見えて俺は強いから安心してくれ」

アルテナ様に頼まれたという事実がなくても、リリナディアの境遇を知ってこのまま何もせず見捨てるなんてことは俺にはできない。もし俺のところに来てくれなかったら、リリナディアについていって陰ながら見守るしかないな。

だけどその考えは杞憂に終わった。

「よ、よろしくお願いします」

リリナディアは俺の提案に頷いてくれたからだ。


「おはよう～」

朝食を食べ終えた後、ラフィーネさん達が明るい声で挨拶をしながら部屋に入ってきた。

「「おはようございます」」

「……」

俺とルナさんはラフィーネさんに挨拶を返すが、リリナディアはまだ慣れていない人は怖いのか、ルナさんの後ろに隠れてしまう。

やはりリリナディアは、俺よりルナさんに心を許しているようだ。ちょっと悔しい。

「あら？　いい匂いがするわね」

「スープを作りました。ラフィーネさん達の分もありますけど、飲みますか？」

一応ラフィーネさん達が来ることも考えていたため、スープは多めに作ってある。

「マジか！　朝飯は食ったけど俺はもらうぜ」

「テッド、はしたないわよ」

「それならラフィーネ様はいらねえんだな？　リック、ラフィーネ様の分は俺がもらうぜ」

「いらないなんて言ってないわ。リックくん、テッドの分は私にお願い」

やれやれ。俺のスープを巡って争いが起こってしまったな。

「二人ともスープはたくさんあるので、ケンカしないでくださいよ」

俺は急いでスープを出して三人に配(くば)る。

するとラフィーネさんとテッドは大人しくスープを飲み始めた。

「やっぱリックの飯はうめえな。毎日食べてえくらいだ」

野郎からのそんなプロポーズ的な言葉はいらないんだが。

横を見るとルナさんが笑っていた。おそらく俺と同じことを考えているのだろう。

「本当？　ちょうどよかったわ。テッドにはズーリエに行ってもらおうと思っていたから」

「「えっ？」」

不覚にも俺とテッドの声が重なる。

「どういうことだよ！　何で俺がズーリエに行かなきゃなんねえんだ！」

「そうですよ。テッドさんはラフィーネさんの身辺警護の仕事があるのでは？」

テッドと二人でラフィーネさんに反論する。

「だって、リリナディアさんはリックくんについていくんでしょ？」

ラフィーネさんがルナさんの後ろに視線を移すと、リリナディアは控えめにコクリと頷く。

「何でそのことを……」

もしかしたら俺達の会話をどこかで聞いていたのだろうか。

「リックくんは人をたらし込むのが上手いから」

ラフィーネさんの言葉に、その場にいる全員が激しく頷く。

「えっ？　そんなことないでしょ」

「そんなことあります。突然のピンチに颯爽と現れて女の子を救ったり」

「胃袋掴んだりな」

「奴隷の方の手足が切断されてしまった時、リックさんは元どおりにしていましたね」

ラフィーネさん、シオンさん、ルナさんの言葉に、俺はたじたじになる。

「確かにそんなことをしてきたけど、別にたらし込んだわけじゃ……」

「褒めているのよ。それだけリックくんは人と仲よくなるのが上手だって」

何だか褒められているように感じないが、気のせいだろうか。

「それに、アルテナ様からリリナディアさんのことを守るように言われているでしょ？　万が一に備えて戦力があった方がいいと思って」

ラフィーネさんが俺に近づいてきて小声で囁いた。

確かにズーリエには強者と戦える人は少ない。冒険者の人達も強くなってきたけど、テッドには及ばないだろう。

でもテッドかあ……性格に問題があるんだよな。シオンさんが来てくれれば文句はなかったけど。

「テッド、これはあなたにしか頼めないことなの」

「俺にしか……」

「ええ、だからお願いできない？」

「ちっ！　しょうがねえな。そこまで言うならやってやるよ」

テッドはラフィーネさんにおだてられて、ズーリエに行くことを承諾してしまった。

「ルナさんとリックくんもそれでいいかしら？」

「ぜひお願いします」

「テッドさん、俺からもお願いします」

ザガト王国がいつリリナディアを取り返しに来るかわからない。少しでも戦力がある方がいいし、そのためなら頭を下げることくらい何てことない。

「おう、任せておけ」

テッドは反対していた時とは違い、笑顔で返してくれる。

何となくだけど、先程のラフィーネさんとのやり取りを見て、テッドの扱い方がわかった気がした俺であった。


そして翌日。

俺とルナさん、リリナディアとテッドは、ズーリエへと帰るためにタージェリアの東門に向かっていた。ラフィーネさんとシオンさんが見送りに来てくれている。

「リックくん、リリナディアさんのことお願いしますね」

「ラフィーネさんも気をつけてくださいね。ザガト王国がいつまたタージェリアに攻めてくるかわかりませんから」

皇帝陛下との約束は一度だけだったので、グランドダイン帝国が援軍に来てくれることはもうないしな。

「もしもの時は交信の腕輪で知らせるわ」

「ズーリエからなら、数時間あればここに来ることができるのでいつでも呼んでください」

「ええ、その時はお願いね」

もし俺がタージェリアに向かっても、テッドがズーリエに残ってくれれば少しは安心できる。

もしかしてラフィーネさんはそのことも考慮して、テッドを俺達に同行させるのかもしれないな。

こうして俺達はラフィーネさんとシオンさんに見送られながら、激戦があったタージェリアを後にし、ズーリエへと歩を進めた。

終章　次なる刺客

ズーリエの南にある小高い丘にて。

風が吹き抜ける中、パールホワイトの髪色をした青年が、街の方角に目を向けていた。

「皇帝エグゼルト……そして魔王化したハインツでも仕留められなかったか」

青年は無表情で呟いた後、僅かに笑みを見せる。

青年はリックの行動を把握していた。

「リックの持つ女神の力はだいたいわかった。次は……俺の出番だ」

そう言葉を発した瞬間、先程まで存在感が薄かった青年は、凍えるような殺気を放った。

幸いにもこの場には誰もいなかったが、もし人や魔物がいたなら、恐れをなして逃げていただろう。

「俺の持っている力で全てを滅ぼしてやる」

何故この青年はリックが女神の力を持っていることを知っているのか、何故この場所にいるのか、誰にも知る術はない。

ただ、彼はリックに対して……いや、人類に対して憎しみの念を抱いていた。

「今のうちに束の間の平和を味わうがいい」

謎の青年は振り返ると地面にある影に飲まれ、姿を消した。

勇者召喚に巻き込まれ、異世界に転生した僕、タクミ。不憫な僕を哀れんで、女神様が特別なスキルをくれることになったので、地味な生産系スキルをお願いした。そして与えられたのは、錬金術という珍しいスキル。まだよくわからないけど、このスキル、すごい可能性を秘めていそう……!? 最強錬金術師を目指す僕の旅が、いま始まる!

●16巻 定価:1430円(10%税込)
1~15巻 各定価:1320円(10%税込)
●Illustration:人米

●7巻 定価:770円(10%税込)
1~6巻 各定価:748円(10%税込)
●漫画:ささかまたろう B6判

異世界ゆるり紀行
子育てしながら冒険者します
1~15
水無月静琉
Minazuki Shizuru
シリーズ累計
110万部
(電子含む)
突破!!
2024年7月
TVアニメ
放送開始!!
(テレ東・BSテレ東ほか)
1~15巻
好評発売中!
コミックス
1~8巻
好評発売中!
子連れ冒険者の
のんびりファンタジー!
神様のミスで命を落とし、転生した茅野巧。様々なスキルを授かり異世界に送られると、そこは魔物が蠢く森の中だった。タクミはその森で双子と思しき幼い男女の子供を発見し、アレン、エレナと名づけて保護する。アレンとエレナの成長を見守りながらの、のんびり冒険者生活がスタートする!
◉各定価:1320円(10%税込) ◉Illustration:やまかわ
◉漫画:みずなともみ B6判 ◉各定価:748円(10%税込)

夢のテンプレ幼女転生、はじめました。
憧れののんびり冒険者生活を送ります
uino
ういの
チート能力てんこ盛りの
5歳
新米冒険者
誕生です！
のんびり冒険したいだけなので、世話焼きはほどほどに!!
アルファポリス第16回ファンタジー小説大賞奨励賞受賞作!!
トラックにひかれ、気がつくと異世界で5歳児に転生していた元OLの七瀬千那（ななせちな）、28歳。偶然出会った3人組のイケメン冒険者パーティーに保護されたチナだったが、なんと彼女は神の子供で精霊姫の称号を持つ、唯一無二の存在だった！ チート能力だらけのチナを優しく受け入れてくれた3人のすすめで、チナは憧れだった冒険者になることに。もふもふの神獣や個性豊かな精霊王たち、ちょっと過保護な仲間たちに見守られながら、チナの自由気ままな冒険者ライフが幕を開ける——！
●定価：1430円（10％税込）　●ISBN 978-4-434-33916-5　●illustration：蒼

辺境領主は大貴族に成り上がる!
チート知識でのびのび領地経営します
Author
潮ノ海月
Ushiono Miduki
子爵領滅亡のピンチから、
転生貴族のアイデアで起死回生!?
知識チートで
のんびり
領地経営
していきます。
隣国の侵攻で父が戦死し、辺境の子爵家を継ぐことになったアクス・フレンハイム。急なことに慌てふためきつつも、機転を利かせて敵軍の撃退に成功する。しかしホッとしたのもつかの間、領地の復興という難題に直面することに。ところが実はアクスには、前世の地球の記憶があった! その知識を頼りに、新しい紙を開発して王家に売りつけたり、仲間の力を借りて、魔獣由来の素材や新しい魔道具を生み出したり……異世界には存在しないアイデアを次々実現させ、子爵領はどんどん発展していく。新米子爵の発明が、異世界を変えていく!?
●定価:1320円(10%税込)
●ISBN:978-4-434-33768-0
●illustration:すみしま
前世の記憶を頼りに、すごい発明しちゃいます!

リーダーから難癖をつけられ、S級パーティを追放された剣士のエルディ。途方に暮れていた彼が遭遇したのは、ティアと名乗る堕天使！「私を、殺してくれませんか？」涙ながらにそう頼み込む彼女の事情を聞くと、とある掟に違反して天界から堕とされてしまったとのこと。彼女の様子を見かねたエルディは、似た者同士で一緒にスローライフを始めようと提案するのだが——不思議な堕天使さんとのほっこり、時々ドタバタな日々が幕を開ける。

●定価：1320円（10%税込）　●ISBN：978-4-434-33774-1　●Illustration：池本ゆーこ

この作品に対する皆様のご意見・ご感想をお待ちしております。

おハガキ・お手紙は以下の宛先にお送りください。

【宛先】

〒150-6019 東京都渋谷区恵比寿 4-20-3 恵比寿ガーデンプレイスタワー 19F
（株）アルファポリス　書籍感想係

メールフォームでのご意見・ご感想は右のＱＲコードから、
あるいは以下のワードで検索をかけてください。

ご感想はこちらから

アルファポリス　書籍の感想

本書はWebサイト「アルファポリス」（https://www.alphapolis.co.jp/）に投稿されたものを、改題・改稿のうえ、書籍化したものです。

狙って追放された創聖魔法使いは異世界を謳歌する３

マーラッシュ

2024年 5月 31日初版発行

編集－藤長ゆきの・宮坂剛
編集長－太田鉄平
発行者－梶本雄介
発行所－株式会社アルファポリス
〒150-6019 東京都渋谷区恵比寿4-20-3 恵比寿ガーデンプレイスタワー19F
TEL 03-6277-1601（営業）　03-6277-1602（編集）
URL https://www.alphapolis.co.jp/
発売元－株式会社星雲社（共同出版社・流通責任出版社）
〒112-0005 東京都文京区水道1-3-30
TEL 03-3868-3275
装丁・本文イラスト－匈歌ハトリ
装丁デザイン－AFTERGLOW
印刷－中央精版印刷株式会社

価格はカバーに表示されてあります。

落丁乱丁の場合はアルファポリスまでご連絡ください。

送料は小社負担でお取り替えします。


ISBN978-4-434-33923-3 C0093